AF142513

1

Rencontres Clandestines

June Summer

Introduction

June Summer, auteure de nombreux livres érotiques,
et son amoureux Simba,
Vous présentent dans ce recueil écrit à deux plumes,
Ce recueil intitulé : « Rencontres clandestines ».
Celles-ci sont faites de moments volés,
Elles ont été vécues dans la passion et le secret,
Et pimentées par l'adrénaline née
des surprises et de l'interdit.

Julie et Steven ont décidé de ne pas croire aux lendemains,
De ne rien se promettre, de vivre leur amour tout simplement.
Il n'y a aucune réflexion délibérée dans leur démarche,
Aucune révolte ou rébellion contre quoi que ce soit...

Ces « Histoires clandestines »
parlent de deux êtres qui s'aiment,
De leurs rencontres secrètes et passionnelles.
Ils sont simplement follement attirés l'un par l'autre,
Et ne font que suivre leur irrésistible attirance mutuelle,
Désireux seulement de se retrouver, encore, et encore !

Ils n'ont qu'une idée en tête : se retrouver une fois de plus
Pour vivre à nouveau des instants, intenses, magiques…
Pour découvrir un univers de sensualités inoubliables,
Pour explorer des mondes d'émotions érotiques,
Pour révéler l'un à l'autre de nouveaux horizons charnels.

Ils ont découvert que non seulement ils aiment être ensemble,
Mais qu'ils sont faits l'un pour l'autre…

« Le cœur a ses raisons que la raison ne connaît point »
(Blaise Pascal)

Nous vous souhaitons une lecture très agréable,
Sensuellement Vôtres, June et Simba.
Ces textes sont rassemblés et coordonnés
sous la plume unique de June Summer,

Textes érotiques pour un public adulte et averti.

Chapitre 1

Une chanson flottait dans l'air froid et glacé autour du départ du téléski. Le haut-parleur braillait une musique sirupeuse pour faire patienter la foule de skieurs congelés sur place : « *Somewhere over the rainbow blue birds fly...* » La télé était en panne et il faisait – 12 degrés tout au plus. Le gros malabar qui donnait les archets « *boutiquait* » vaguement son moteur, sacrant des « *Nomdediou-de-nomdediou* », qui laissaient quelque doute sur ses compétences, ainsi que sur la possibilité de monter aujourd'hui avec sa machine. Les skieurs attendaient, résignés, et s'agitaient sur place pour lutter contre le froid. Les couleurs vives de leurs habits de ski brillaient sur le blanc éclatant de la neige étincelante, sous un bleu de ciel indigo.

Julie piétinait avec impatience, car elle détestait attendre. Elle avait froid aux pieds, au bout des doigts, et sentait le vent glacé traverser ses habits de ski pourtant épais. Elle était inquiète, sa petite famille était déjà montée, le mari et leurs deux grands fils ; elle n'avait plus de réseau sur son téléphone portable, et bien sûr ils avaient omis de se donner un point de rencontre au cas où. Elle souffla dans ses gants, toussa, renifla :

— Pourquoi donc doit-on se moucher tout le temps en montagne ? Pas sexy, sans parler des fringues qui vous font prendre pour une armoire à glace, des souliers qui vous compriment les pieds, y en a vraiment marre...

Elle râlait et se parlait toute seule, quand elle sentit une ombre derrière elle se pencher et lui dire :

— Mais non, vous êtes très jolie, ne vous inquiétez pas !

Partagée entre la gêne et le plaisir devant un compliment elle se retourna et rencontra les yeux clairs d'un grand mec un peu barbu grisonnant, qui la regardait d'un air amusé. Il était appuyé sur ses bâtons et avait une solide carrure, des vêtements de ski dénotant le bon skieur, équipement sobre, rouge et noir… Un beau gars, comme elle les aimait… Il devait avoir passé la quarantaine, sympa, viril.

Il l'avait observée depuis un moment, puisqu'elle était devant lui dans la file ; il avait eu le temps d'apprécier les courbes, de deviner les formes sous les épaisseurs de vêtements, et d'admirer la couleur chatoyante auburn de ses cheveux attachés en tresse dans son dos qui se balançait dans ses mouvements. Elle parlait toute seule, il trouvait cela comique. Il avait bien envie de voir son visage. Quand elle se retourna, il apprécia sa bouche gourmande, ses yeux foncés et vifs, son teint mat. Elle le toisa et se décida en un éclair : « *Mariée ou pas, allons-z 'y, je ne vais pas rater ce que je sens être une vraie histoire…* »

Il pensa en la regardant avec intérêt *: « Marié ou pas, cette fille-là mon vieux…. Elle est terrible… » Le titre de cette chanson de Johnny s'était imposé à lui en l'observa*nt. Elle semblait avoir passé comme lui la quarantaine, dans un séduisant mélange de maturité et de jeunesse d'esprit, d'allure spontanée alliant féminité et sensualité…

Ils parlèrent un peu des conditions de la neige, du vent, des mérites des stations de la région, laissant parfois un silence gêné s'intercaler.

Ils se regardaient à la dérobée, elle adorait sa bouche qui avait un dessin comme elle n'avait jamais vu chez un homme, comment dire… Quand il souriait cela donnait envie de toucher… et d'embrasser… Une bouche tentante voilà ! Des yeux si clairs, plissés de rides de soleil, une barbe poivre et sel naissante, qui donnait envie de… Se frotter contre… Lui la regardait parler et aimait ses yeux perdus dans les petites rides de sourires qu'elle n'économisait pas, de voir sa jolie langue agile pointer entre ses dents quand elle souriait, qui lui donnait envie… Comment dire… de mettre la sienne contre et d'en sentir la moiteur… Sa peau avait l'air si douce, et donnait des envies de caresses… Elle était plutôt grande pour une femme, avec un air décidé et indépendant qui lui plut. Mais elle n'était pas équipée pour le froid cette fille, il avait bien envie de la réchauffer dans un lit tout chaud et de lui faire… des choses qui réchauffent… Il sentait son sexe durcir et fut heureux d'avoir des habits larges qui ne le montraient pas !

Le téléski ne se débloquait pas, la file de skieurs grandissait ; le temps passait, les ombres s'allongeraient sur la neige, l'air était crispé de froid. Julie était très inquiète. Elle s'exclama :

— Vraiment, il faut faire quelque chose, je vais geler sur place ! Je crois qu'il n'y a pas d'autre piste pour rentrer ? On ne peut qu'attendre, mais c'est inquiétant tout de même !

L'inconnu lui répondit :

— Écoutez, je connais un raccourci à travers la forêt, y a quelques rochers, c'est raide et pas damé... Si vous êtes bonne skieuse, venez avec moi, on sera au village en trente minutes !

Elle le regarda dans les yeux, le coup du raccourci elle connaissait... Il avait l'air fiable, attirant, elle le regretterait quand elle serait une grand-mère si elle disait non... Elle répondit :

— D'accord, je vous suis. Mais je ne suis pas championne dans la poudreuse ! On y va

— On y va.

Ils échangèrent un sourire, déjà complices de la connivence déjà naissante entre eux. Ils s'élancèrent de concert dans un élan de liberté, heureux d'échapper à cette attente absurde, et de jouir de la vitesse de la course.

Le début fut facile, encore damée ; l'homme skiait avec aisance, avec un style vigoureux et rapide, semblant connaître parfaitement les lieux. Julie suivait admirant le paysage et l'homme, ou plutôt l'homme et le paysage... Les cristaux de neige étincelaient c'était magique. Puis ils se lancèrent dans le fameux raccourci. Plus ils s'éloignaient de la piste balisée, plus ils sortaient de la réalité... La neige devint profonde, il fallait sauter pour tourner, l'effort devenait intense mais la sensation indescriptible. Ils se perdaient parmi des sentiers déjà utilisés par des skieurs ou des animaux, tournaient autour de sapins enneigés, évitant troncs et rochers.

Le souffle manquait pour se parler, ils s'arrêtaient par moments, haletant et souriant de concert, ou se parlaient par mots brefs pour des consignes de prudence. Ils se mirent à se tutoyer, *« Attention là !*

Rocher ! Tourne par-là plus sûr ! » Ils développaient un lien bizarre de connivence alors qu'ils ne se connaissaient pas dix minutes auparavant.

Julie était attirée par cet homme, elle aimait sa façon d'être et son regard qui la scrutait, comme si elle était belle. Elle se sentait épanouir comme jamais, tous ses sens en éveil, heureuse de ce moment hors du temps, et cessa de se soucier de toute réalité. Qu'importe le reste de sa famille ils attendraient. Qu'importe son retard. Elle voulait vivre ce moment avec toute l'intensité possible… Elle ne lui dit pas son prénom et savait pas le sien, qu'importe ! Ils étaient si bien. Qu'importe leur vie, leurs couples, leurs responsabilités, ils voulaient déguster cette rencontre imprévue et magique sans arrière-pensée. Ils ne faisaient rien de mal, ils vivaient fort et vrai.

Son compagnon éprouvait le sentiment d'être en osmose avec la nature comme jamais, il sentait cette femme derrière lui, cela le rendait heureux. Il aimait apercevoir l'étincelle qui animait ses yeux, heureuse comme lui de cet instant si spécial… Il l'observait avec désir, avec l'envie de toucher cette peau douce, d'embrasser cette bouche charnue, de découvrir ses seins, son ventre, et le reste. Elle était si attirante, il bandait à nouveau.

Il skiait en état d'érection ce qui n'était pas facile, et riait en lui-même de cette situation insolite.

Comment allait se terminer cette journée ?

Deux cerfs passèrent brusquement devant eux, puis une biche. Ébahie, Julie tourna la tête pour admirer et se planta magistralement, ses deux skis fichés sous un tronc, coincée comme une belette dans un piège. La tête pleine de neige elle se débattit sans succès. Mike remarqua sa chute et vint à sa rescousse. Il fallut du temps pour retirer ses skis, les ressortir de leur tanière, retrouver les bâtons, Julie dut enlever sa veste pour la secouer. Elle était mouillée par l'effort et l'excitation de cette rencontre, outre la neige qui avait trempé ses habits. Ses gants étaient gelés. Il voulut lui prêter les siens, par fierté elle refusa. Elle était fâchée contre elle-même, vexée à mort. Il souriait avec amusement et tendresse, il trouvait sa réaction amusante, attendrissante. Elle remarqua son absence de jugement, son regard aimant. Elle lui sourit avec confiance et se calma. Ils repartirent, le temps pressait.

Le soir tombait, il fallait se presser. Ils débouchèrent sur un chemin verglacé qui menait au village. Ils durent s'arrêter brusquement à une intersection. Barrée d'un ruban rouge et blanc, un panneau se balançait affichant : « Danger ! Avalanches ! Passage interdit ! ». Ils s'arrêtèrent perplexes :

— Pas question de passer ! décréta l'homme, la route de Vernayaz semble coupée. Ils vont faire péter les explosifs et il vaut mieux ne pas s'y aventurer !

— OK, que faisons-nous ? Y a-t-il un autre chemin ? haleta Julie toute essoufflée.

— Nous sommes obligés de passer par le hameau par-là, il y a un gîte que je connais, répondit-il. On pourra y attendre au chaud pour pouvoir passer ?

— Ça risque de nous retarder sérieusement, c'est un gros détour. Mais OK… Tant pis, allons-y !

Julie trouvait ce contretemps fort bien arrangé par le destin. Cet homme était bien attirant et elle ne voulait pas se limiter à lui dire au revoir dans une demi-heure !

Ils prirent le chemin qui serpentait dans la pénombre. Les skis flottaient dans les ornières gelées et le froid devenait intense. Julie avait les doigts qui picotaient et les pieds ankylosés. Elle commençait à trembler, mais il fallait tenir ! Elle mit toute son énergie pour suivre et arriver au plus vite. Ce n'était plus un rêve, mais un cauchemar. Froid si froid… Il faisait nuit quand ils arrivèrent enfin au hameau. Quelques vieux chalets foncés par le temps, enfouis sous la neige, dans l'obscurité… Pas un chat, pas une lumière… pas un bruit. L'irréalité de la situation était palpable. L'homme qui semblait connaître l'endroit enleva ses skis et les rangea contre le mur d'un des chalets. Il trouva la clé suspendue bien en vue près de la porte, habitude des montagnards pour les cas d'urgence, l'inséra dans la vieille serrure, et poussa la porte.

Julie dut mettre beaucoup d'énergie pour enlever ses skis, elle n'en pouvait plus tout son corps était glacé. Elle suivit son inconnu, pénétrant après lui par la porte qu'il avait ouverte.

Il s'affairait déjà, cherchant à allumer un feu dans la vieille cuisinière à bois installée dans un coin. Elle regarda autour d'elle, une table, quelques chaises branlantes, cela semblait être un gîte peu fréquenté, mais bienvenu dans ce genre de situation. Elle tremblait de froid, et aurait bien voulu participer à quelque chose, mais le feu était allumé, il y avait du petit bois préparé, heureusement. Julie claquait franchement des dents et retira ses gants raidis et blancs de neige, sa veste mouillée, et les disposa sur une chaise. Elle sentait ses doigts douloureux, elle avait la « *débattue* ». « *Surtout ne rien lui dire, pas envie d'avoir de nouveau l'air d'une nunuche, merde alors ça fait mal* ». Il s'approcha d'elle et remarqua qu'elle suçait ses doigts qui semblaient rouges et bien mal en point.

Sans rien dire, il la regarda avec tendresse, lui prit les mains et les mit sous ses propres aisselles, sous sa veste ouverte. Bonheur, chaleur, merveille des merveilles, les doigts de Julie reprenaient vie dans cette chaleur animale masculine. Cette chaleur se propageait dans tout son corps, levant ses poils, allumant son corps, titillant ses reins, creusant son ventre d'une si forte envie, d'un si grand désir, qu'elle tremblait non plus de froid mais d'excitation.

L'homme sentait ses mains froides sous ses bras, vit ses yeux le fixer avec surprise, puis avec désir, brillants dans la pénombre. Il attira Julie contre lui, dans sa chaleur virile, pour la réchauffer, mais aussi pour son propre désir de la toucher.

Elle se colla contre lui, et sentit ses bras se refermer sur elle. Ils restèrent un long moment ainsi, debout dans cette pièce sombre, froide et inconnue, respirant l'un contre l'autre, réchauffant leur corps et humant les sensations fortes qui naissaient au creux de leurs reins.

Les cœurs battaient, battaient si fort qu'ils les sentaient résonner amplifiés, sans plus savoir d'où parvenait ce son, qui les faisait frissonner de désir et d'envie. Julie se réchauffait et se sentait comme un peu ivre, après l'effort ; et de se trouver avec cet homme inconnu, dans cet endroit inconnu, dans cet instant « *sur la pointe du couteau* », avant de plonger vers la rencontre intime… Crainte, excitation, désir, elle sentait son odeur, ses mains dans son dos, sa joue râpeuse, elle se sentait onduler contre lui sans pouvoir contrôler son corps qui réclamait… Elle percevait son sexe durci contre son pubis, se frottait contre lui, envie de le sentir, de le toucher, envie d'être prise. Elle aima tout de suite ce corps robuste, cette haute stature, ces muscles puissants. Il aima tout de suite son odeur douce et subtile, la pression de ses seins voluptueux contre son torse, le parfum grisant de ses cheveux qui l'électrisa jusqu'aux reins.

L'homme lui tira ses cheveux en arrière pour voir son visage et l'embrassa, ils mêlèrent leur bouche, leurs langues, et commencèrent à gémir, de plaisir partagé, la sensation exquise de ressentir cette douceur et ce miel ; ils exploraient leurs dents, leurs lèvres, elle lui touchait les coins de sa bouche du bout des doigts, pour mieux déguster ce plaisir extrême, qui les faisaient haleter et soupirer, grogner, et ronronner, se frottant l'un à l'autre, vacillant sur place, debout, enlacés, collés, imbriqués… Elle adora ce contact, si chaud et fort, si doux et dur, elle aimait sentir cette langue qui la fouillait, la caressait… Elle aimait cette bouche si particulière, et en touchait encore les contours pour ajouter un plaisir de plus dans ses sensations… Elle sentit ses mains qui s'insinuaient sous sa veste, remontaient à ses seins, défaisant avec aisance son soutien-gorge, et passant dessous, commencèrent à la caresser, remontant par-dessous jusqu'aux pointes qu'elles pressaient et relâchaient. Julie commença à s'agiter, envahie de tressaillements et de petites secousses qui la faisaient sursauter.

Il aima la texture de cette langue qu'il désirait depuis un moment, la goûta et mordilla, appréciant de sentir Julie y répondre avec passion, chaude et douce ; elle l'appelait en silence, il infiltra ses mains sous ses vêtements ; il découvrit avec bonheur un corps si doux et frémissant, tressaillant à toutes ses caresses, réagissant à ses baisers ; il bandait fort, il avait très envie d'en toucher plus, de sentir le reste de son corps, il voulait la prendre, et essaya de se contenir. Il descendit ses mains sous le pantalon de cette inconnue, les passa sous son boxer, la sentit trembler et s'écarter de lui, mais c'était pour qu'il put mieux passer entre ses cuisses ; il y insinua la main, trouva sa chaleur intime, sentit combien elle était déjà mouillée d'envie… Il caressa sa raie, l'entendit crier à mi-voix, s'appuyant sur lui pour mieux s'offrir aux caresses, il remonta avec son autre main pour toucher son bouton, noyé de désir, et commença un mouvement régulier, tout en l'embrassant à pleine bouche, à pleines lèvres et langue, pour l'amener à la première plage.

Le feu était allumé, il brûlait leurs deux corps, quand de grands coups résonnèrent contre la porte, avec le bruit de voix d'hommes qui appelaient. Ils se séparèrent à temps pour voir entrer une équipe de pisteurs, déboulant dans la pièce avec de grands rires, heureux de les trouver là, car on les cherchait depuis quelque temps, le mari de Julie ayant donné l'alerte…

La suite fut un tourbillon de mouvements divers, Julie se retrouva embarquée rapidement dans une motoneige qui la ramena à la station, ayant eu à peine le temps de dire au revoir à cet homme qui l'avait tant attirée, et déjà il avait disparu de sa vie.

Elle se laissa ramener, se conduisit normalement avec chacun, remerciant avec le sourire, retrouva sa famille avec un enthousiasme feint, répondant aux questions de ses deux adolescents curieux puis rassurés. Elle se retrouva au lit à côté de son mari déjà endormi et fatigué par les inquiétudes de la journée. Elle se mit à revoir tout le déroulement de cette après-midi, revivant chaque seconde avec la même intensité. Son corps frissonnait, elle avait envie de lui, de sentir la toucher, l'embrasser la caresser, la pénétrer… Elle se masturba discrètement, la main posée à son pubis, et parvint à un orgasme violent et rapide, en silence. « Elle avait si envie… », gémissait-elle intérieurement, torturée par un tourbillon de désirs inassouvis, et s'endormit pleine de frustrations.

Julie se réveilla au milieu de la nuit, agitée et pleine de spasmes en son ventre ; c'étaient des spasmes de désir sexuel, une envie de cet homme, de sentir à nouveau ses mains sur elle, sa bouche et sa langue enroulée à la sienne ; elle brûlait, elle ne tenait pas en place. Elle se releva, s'habilla et sortit silencieusement dans l'obscurité glacée. Elle n'avait jamais quitté la maison et son mari en pleine nuit ainsi, mais elle ne pouvait pas résister tout simplement à cette force de vie qui l'habitait entièrement, brûlait son corps, incendiait son esprit. Elle voulait retrouver cet homme, elle devait le retrouver. Plus rien n'avait d'importance,

Elle connaissait mal le village mais se repéra assez vite. Elle avait entendu quelqu'un mentionner que son inconnu résidait à côté de la mairie dans un petit chalet de location pour un week-end en solitaire. Elle marcha le long des ruelles pentues et étroites, encombrées de tas de neige, et parvint à retrouver le bâtiment communal, sombre et muet dans la nuit. À côté un petit mazot qui pouvait être celui qu'elle cherchait ; les maisons aux alentours semblant trop grandes.

Armée d'un culot qu'elle ne se connaissait pas, Julie ouvrit la porte qui n'était pas fermée à clé et pénétra dans une pièce obscure qui semblait être une cuisine… De faibles lueurs venues d'une fenêtre l'aidaient à se repérer. Elle ne savait rien de cet endroit, et cette situation étrange et angoissante la faisait haleter de crainte…

À tâtons, elle avança, les mains en avant, se cogna à ce qui semblait être une chaise. Puis toucha une table. Le bruit ne semblait pas avoir attiré d'attention, mais elle resta un moment immobile, respirant avec peine, le ventre serré de peur et d'excitation…

Julie progressa encore, toucha le bois d'une porte, l'ouvrit doucement… Elle attendit pour se calmer, son cœur battait si fort dans sa poitrine qu'il résonnait dans sa tête, et ses oreilles bourdonnaient… Elle finit par percevoir le son d'un souffle régulier ; quelqu'un dormait là. Dans le noir, elle se concentra, et reconnut cette odeur qu'elle avait sentie contre elle cette après-midi, elle était sûre que c'était lui qui dormait là tout près. Elle se dévêtit en tremblant de froid et de terreur de se voir agir ainsi, de manière si irraisonnée, mais c'était plus fort qu'elle, elle devait le faire…

Elle avança tout doucement, toucha un meuble de la jambe, se pencha, sentit une couette de lit, la releva, et se glissa dans le lit, sans faire de bruit… Elle se coucha dans cette chaleur rassurante, avança la main, toucha un corps chaud qui sursauta, se retourna vers elle, et une voix masculine demanda d'un ton stupéfait :

— Qui est là ?

Julie reconnut la voix et sourit de soulagement, c'était bien lui, son inconnu des pistes, maintenant c'était elle son inconnue de la chambre noire !

Elle décida de se taire, de laisser planer le doute, qu'il se demande si c'était bien elle ou bien sa maîtresse ou une femme de son passé, ou encore une inconnue un peu folle, la voisine qui se serait trompée d'étage, ou la postière venue déposer un pli express…

Il demanda encore :

— Mais qui est là ?

Le cœur battant elle avança la main dans le noir pour arriver à cette bouche qui avait parlé, la caressa doucement du doigt, et se colla contre son inconnu, montant sur son torse pour se retrouver complètement sur lui. La sensation était délicieuse, elle ne connaissait pas ce corps et s'y trouvait pourtant fort bien ; il était chaud et bouillant, exhalait une merveilleuse odeur très attirante un peu épicée ; lui laissant ses doigts à la bouche, elle se mit à l'embrasser et à se frotter la joue contre sa barbe naissante…

Passé la stupéfaction d'avoir une femme inconnue dans son lit, l'homme se laissa aller, appréciant ce cadeau imprévu et gardant ses doigts en sa bouche et les suçant, il fit glisser ses mains sur ce corps doux et chaud, qui ondulait sur lui et tressaillait à ses caresses. Son sexe était en érection et l'inconnu percevait le pubis de sa visiteuse nocturne se frotter contre son membre tendu de plaisir : « Voilà une nuit dont je me souviendrai ! » pensa-t-il. Il n'était pas très sûr de savoir à qui il avait affaire, « Était-ce cette femme rencontrée l'après-midi ? » Il lui prit les cheveux, lui tira la tête en la basculant sous lui et l'embrassa. C'était bien elle, enfin sûrement… Il reconnaissait sa langue agile qui s'agitait si doucement et délicieusement contre la sienne, et les petites secousses qui faisaient sursauter tout son corps quand il la caressait à certains endroits… Il savait qu'il n'aurait pas dû ; déjà sur les pistes, il n'en revenait pas de l'avoir draguée ainsi, malgré sa condition d'homme marié et de père de famille. Mais il n'avait pas pu s'empêcher d'être attiré par elle, rien qu'en la voyant à côté de lui en vêtements de ski. Là, nu contre son corps chaud et tentateur, il était impossible de résister, il n'essaya même pas…

Ils s'embrassèrent longtemps, perdus dans la poursuite de leur découverte de l'après-midi, rendue plus forte encore par la séparation brutale qui avait eu lieu. Les mains se baladaient, ils reprirent leurs

18

gémissements enfiévrés, chantant doucement une étrange mélopée, bouche dans bouche, car il aimait lui prendre toutes ses lèvres sans les siennes, langue à langue. Il passa ses mains sur ce corps si doux et vibrant à son toucher, il attrapa ses fesses qui dansaient à côté de lui, les écarta et les massa, cherchant le sillon des doigts qui faisaient naître des petits cris et des sursauts chez son inconnue...

La danse devenait plus haletante, ils avaient si chaud, tout était brûlant, la couette disparut en bas le lit, leurs corps voyageant sur celui-ci, ils étaient pris dans une fièvre, une folie, une frénésie...

Puis l'amant d'une nuit de Julie descendit avec sa langue, ses dents et sa bouche explorer son corps dans l'obscurité, découvrant son pubis, écartant ses jambes pour y aller chercher ses odeurs et ses douceurs, tandis que Julie se débattait prise dans son plaisir, hésitant de continuer ce jeu délicieux, ou de partir ; il la tenait fermement, elle dut laisser venir ce plaisir si aigu qu'il était presque insupportable ; elle gémissait, perdue ; puis elle se calma, se laissa dévorer et lécher, écarter les plis les plus secrets pour qu'il goûte à son eau, et s'envola ensuite dans des spasmes de jouissance si forts qu'elle cria... Elle cria.

L'homme revint vers sa bouche pour un long baiser au goût d'elle-même, tandis qu'il relevait ses jambes et entrait en elle, si fort si doux, si grand, si puissant, lui apportant ce plaisir intense dont elle avait entendu parler, et n'avait jamais connu... Il allait et venait, mordillant ses lèvres, puis son cou, puis ses seins qui réclamaient ; ils étaient perdus l'un en l'autre, remuant de concert et dans une profonde complicité, chaque fois qu'il allait au fond d'elle sentait une partie d'elle qu'elle ne connaissait pas qui rayonnait, qui se réchauffait, qui exultait et envoyait dans tout son corps des ondes de plaisir. Julie frissonnait et chantonnait tout bas, relevant haut ses jambes à chaque fois pour qu'il vienne... Qu'il vienne... Qu'il vienne...

Puis l'homme se retira tourna Julie sur le ventre avec une facilité déconcertante ; dans le noir elle sentit ses mains sur ses fesses qui les écartaient, elle les sentit sur ses hanches qui la tiraient contre lui ; elle se mit à genoux, et le sentit derrière elle qui lui écartait les jambes, elle était en équilibre précaire à sa merci. Elle cria quand elle sentit son sexe entrer si lentement en elle, puis plus rapidement de nouveau en un va-et-vient si sensuel, si fort et puissant, qu'elle ne pouvait plus que s'arc-bouter pour ne pas aller dans le mur devant elle, et jouir de chaque sensation, ses mains sur ses hanches puis ses fesses qui les écartaient quel bonheur, ses mains sous son bas -ventre sur sa fleur, quel délice, son sexe qui va et vient, entre et retourne plus loin encore, sa voix qui gémit et dit des mots d'amour et de tendresse : « C'est bon…Tu es belle… Tu es belle ! » Julie répondait : « J'aime… Encore ! » Et leurs voix se mêlaient dans l'obscurité…

Puis l'inconnu se retira, l'attirant sur lui ils roulèrent pour qu'il se retrouve sur le dos, Julie à cheval sur lui, ils s'embrassèrent encore longuement, et il la guida afin qu'elle s'empale sur son sexe dressé : « - Viens…Viens ! Là… Sur moi… ». Elle le fit attendre, se tenant à ses épaules elle allait d'avant en arrière, effleurant son membre tendu lui arrachant à chaque passage un gémissement de plaisir. Elle y prenait goût elle aussi, sentait son intimité ruisseler dans la sensation exquise de le sentir passer rigide au sein de sa fleur et entre ses petits plis, elle mouillait elle était trempée d'excitation et de plaisir…

Julie se caressait à son amant de la nuit, montant l'embrasser au jugé dans le noir, redescendant en mordillant son torse jusqu'à son sexe dressé et elle exultait de l'entendre gémir et soupirer à son tour… Elle se frottait à lui, excitant son clitoris au long de son corps… Elle le caressa de ses cheveux et le sentit sursauter, alors elle enroula des mèches autour de son membre s'amusa à les tirer lentement, et à le sentir se cabrer de plaisir… De plaisir.

Alors Julie eut pitié de son amant, et montant au-dessus de lui, elle se laissa doucement descendre sur son sexe, il soupira. Et ils partirent dans cette autre danse, exultante et rythmée, lui la tenant aux fesses et donnant le tempo, elle suivant son mouvement et s'accrochant à ses épaules, vers d'autres jouissances. Il la caressait par instants au pubis cherchant son bouton et elle criait, puis il prenait ses seins qui bougeaient devant lui, les excitant elle n'en pouvait plus et se couchait sur lui. Ils s'embrassaient à nouveau, gémissant, cherchant leur langue, leurs lèvres, se buvant l'un l'autre… L'un l'autre…

Danse enfiévrée des corps… Bouches voraces dans l'effort… Sueur des peaux mélangées… Arômes des eaux de chacun goûtées… Le lent va-et-vient qui recommence… Encore la valse lente qui danse… Puis le tango qui explose… Les baisers voraces puis doux qui chantent dans la nuit… Les mains qui s'étreignent… Les mots d'amour chuchotés… Les cris de plaisirs… Les spasmes de jouissances. Les souffles rauques dans le cou… Les morsures à l'épaule…Les caresses entre les fesses…Les pieds embrassés…Les seins baisés… Le lent va-et-vient qui revient… Qui revient… Qui revient…

Monde irréel et obscur, est-ce une réalité ou un rêve d'aventure ? Les odeurs de sa peau, les griffures de sa barbe sur ses lèvres, les eaux qui coulent entres ses fesses, envie toujours envie, encore, prends-moi encore, si fort, j'aime encore… je t'aime…j'aime… Le corps qui se cabre, la tête qui se tire en arrière dans la fulgurance du bonheur, le goût de son sexe dans sa bouche, le goût salé qui l'envahit et si chaud… « J'aime, encore, prends-moi, comme ça, encore, encore… » Sa langue dans son étoile, ses mains sur son sexe, son sexe dans sa bouche, ses doigts dans la sienne… Encore… Encore…

Puis la danse ralentit, slow langoureux des derniers expirs, souffles haletants dans la nuit, paroles et chuchotements, serments d'amants, le voyage est à sa fin, les vagues refluent, les eaux se calment, les corps reposent et gisent, perdus dans la nuit, tenus par les doigts, les bouches et sexes usés, les cœurs battants, les âmes en contentement… Contentement…

Ils dorment.

Quelques heures plus tard, Julie se leva dans l'obscurité, quittant la chambre silencieusement, sans réveiller son amant endormi. Elle reprit ses vêtements posés au sol, remit ses bottes et ses vêtements d'hiver, jetant un dernier regard à cette cuisine inconnue, à la porte entrouverte de cette chambre dans laquelle elle avait découvert les plaisirs qu'elle cherchait depuis si longtemps ; elle se détourna, et quitta ce lieu. Dehors, l'aube était proche, une lumière rosée apparaissait derrière la montagne là-haut, teintant la neige de couleurs champagne. Le village était tranquille…

La neige crissait sous ses pas,
Julie rentrait rapidement chez elle,

Le cœur chaud-froid... Amour-triste... Espoir-nostalgique...
Bonheur en manque... En manque... En manque...

Bientôt…

Bientôt l'attente sera évanouie comme un songe irréel,
Les retrouvailles seront comme toujours, grande merveille…
Ce sera toi mon amour qui attendras sous les draps…
Ce sera moi qui viendrai pas à pas,
Vers toi ! Vers toi… Vers toi…

Je m'insinuerai tout doux tout doux…
Dans ta chambre, à pas de loup…
J'aurai peur, et si je me trompais,
Je sourirai… C'est amusant d'être
Secret… Secret… Secret…

J'enlèverai mes vêtements… Un à un…
Je déposerai mes bijoux… Un à un…
Ce petit bruit sur la table, tu l'entendras…
Ton cœur au fond de ton ventre à grands coups
Battra… Battra… Battra…

Ton corps vibrera, ton désir grandira,
Ton sexe tout seul se lèvera !
En pensant hé oui, que je suis là,
Pour toi… Dans le noir… Nue…
Pour toi… Pour toi… Pour toi…

Je me glisserai sous le drap… Le cœur qui bat…
Tu me feras une place… Pour moi…
On se touchera, tout chaud, tout beau…
Ton sexe déjà contre le mien… Qui frémit… Qui frémit… Qui
frémit…

Ce sera la danse éternelle, la valse lente des amants
Sous le charme des dieux,
Frémissements et morsures, embrasements et tortures,
Les yeux dans les yeux...
Ton sexe en moi qui m'emmène et m'emporte,
Au firmament me transporte,
Tes mains si fortes et viriles qui font de moi
La femme vraie que tu veux...

Le monde sera Rêve et la Réalité aura disparu,
N'existeront plus que nos deux corps nus...
Le Réel sera évanoui dans la magie de notre nuit,
C'est qu'un jour tout disparaîtra,
Nous resterons unis... Unis... Unis...

Je t'aime...je suis là, tu es là...Pour moi...
Je suis là pour toi...
Deux en un sous un toit...
Un toit... Un toit...

Chapitre 2

Elle l'attend

Cachée sous les draps

Elle écoute les bruits de là-bas

Elle attend le bruit de ses pas...

Elle a le cœur qui bat...Qui bat... Qui bat...

Julie était allongée dans ce lit inconnu, attendant dans la nuit noire. Elle serrait contre elle la petite peluche reçue dans ce paquet arrivé par la poste la semaine passée. Elle regardait droit devant elle dans l'obscurité et relisait mentalement le texte laconique qui accompagnait cet étrange envoi :

« Nuit magique – stop- partie sans dire au revoir – stop – rendez-vous samedi soir mazot à 21h – attends-moi au lit j'arriverai tard – stop – ton inconnu de la chambre noire... »

Et voilà ! Il avait fallu se rappeler ces instants magiques hors du temps et de la réalité, et constater qu'elle n'avait rien oublié, et qu'elle avait si envie de cet homme qu'il suffisait de relire ces quelques mots pour avoir du désir jusqu'au fond de ses entrailles, pour le sentir encore contre elle, en elle... Elle revivait ces étreintes mentalement chaque nuit et revoyait précisément la caresse de ses mains sur sa peau, la mélodie de sa bouche sur la sienne, le sentiment d'amour qui les avait animés tout au long de leurs étreintes dans l'obscurité... Son inconnu semblait n'avoir pas oublié comme elle-même, cette folle nuit et il l'appelait, tout simplement... Comment avait-il eu son adresse ? Que faire ?

Elle n'avait pas hésité. Une invitation d'amis qui vivaient dans la région servit d'alibi ; elle avait laissé sa petite famille avec un frigo bien rempli et quelques listes des choses à ne pas oublier. Elle s'était évadée sans plus réfléchir, emplie d'envies, de désirs lancinants, de reins qui brûlent, de pensées torrides chaque nuit, il fallait y aller. Elle était partie.

Maintenant elle était là, seule ; elle avait trouvé le chalet décrit précisément dans cette lettre en fin de journée ; elle avait découvert la clé sur la porte, déniché un lit vide qui l'attendait, dans lequel elle s'était glissée, habillée en eskimo vu la fraîcheur de la pièce... Elle tremblait non pas de froid mais d'excitation et de peur, de se trouver ainsi dans cette maison inconnue de cette manière clandestine... Elle entendait de petits bruits étranges, des planches craquer, des poutres grincer ; le vent secouait les volets, la lune faisait passer des éclairs de lumière à la fenêtre... Elle était déjà pleine de désir, et frémissait à chaque son. Elle l'attendait... Viendrait-il ?

Elle l'attend...Elle l'entend...

Il ouvre la porte et il est là

Elle a peur... Et si ce n'était pas lui ?

Elle entend la clé dans la serrure,

C'est le début de l'aventure... Il est là... Il est là... Il est là !

Il ne pouvait plus revenir en arrière, il lui avait envoyé ce télégramme, il devait assumer, il fallait entrer… Depuis cette fameuse nuit cette fille ne quittait plus ses pensées, elle s'appelait Julie, il n'avait eu aucune peine à trouver son adresse ; dans ces petits villages de montagne tout se sait, et la jolie Julie et sa famille n'étaient pas passés inaperçus. Son propre logeur était ami avec l'hôtelier qui les avait hébergés. Il avait prétexté devoir leur envoyer un renseignement touristique, et avait obtenu son nom et adresse très facilement.

Il se souvenait de la chambre noire, de cette belle inconnue, du tourbillon qui les avait emportés dans ce pays magique où le Désir et le Plaisir sont rois… Ce jour-là, l'envie avait tout balayé, il lui avait fait l'amour comme un lion sans se poser de question. Mais aujourd'hui c'était différent, il avait repassé cent fois cette nuit dans sa tête, et maintenant sur le point de la rejoindre dans ce mazot, la peur et le doute l'envahissaient soudainement… Serait-il à la hauteur ? La première fois avait été si forte, si sublime, il avait été si fort, si sûr de lui, serait-il capable de lui redonner ce qu'elle venait chercher

Il entra ; il avait le souffle court, non pas à cause de la petite pente qu'il fallait grimper pour atteindre le chalet, mais parce que la peur et l'excitation le tenaillaient. Il se trouvait dans la petite pièce près de l'entrée, une cuisinette, une table, un canapé. De là il ne voyait pas la chambre où devait l'attendre Julie. Un frisson lui parcourut le corps… Si elle n'était pas là ? Il effaça immédiatement cette pensée de son esprit, il avait trop envie de revoir son inconnue…

Il retire ses habits un à un,

Il ôte sa montre, Elle l'entend…

Un homme attaque son lit,

Doucement, il investit son abri…

Lentement il commença à se déshabiller, il ne voulait pas faire de bruit, mais son souffle chantait dans le silence de la pièce, s'il avait pu, il aurait cessé de respirer… Quand il enleva son boxer, un nouveau frisson lui transperça le corps, mais un frisson d'excitation cette fois… Immédiatement, il se sentit plus fort ; l'envie de rejoindre Julie était en train de gagner son combat contre la peur de ne pas savoir, de ne pas pouvoir ; son corps lui confirmait qu'il pouvait la rejoindre… Son sexe pointait fièrement lui indiquant la route à suivre…

Il se dirigea vers la chambre, traversa une petite pièce, brrr… Le sol était gelé, il ne l'avait encore par remarqué, mais il faisait froid, la Belle Julie devait être transie… Il s'approcha du lit et ce qu'il vit l'émerveilla… Dépassant du duvet, il voyait le visage de Julie qui tenait la peluche du « *p'tit lion* » qu'il lui avait envoyé, ils étaient museau contre museau, les yeux fermés, ils s'embrassaient… À ce moment-là SON cœur cria, la lame de l'amour venait de LE transpercer…

Il est là… pour elle… Elle est là pour lui…

Deux en un cœur qui bat… Qui bat… Qui bat…

Julie l'entendait arriver et tremblait de tout son corps… Excitation, peur, désir, tout était mélangé, son sexe se contractait, elle crevait d'envie… Il souleva le duvet, elle ouvrit les yeux ; il lui souriait dans la pénombre, ses yeux clairs plissés de bonheur, il s'introduisit dans le lit, elle ouvrit les bras ; il prit sa bouche dans la sienne, en se glissant à côté d'elle… Elle retrouva cette sensation inimitable de pure jouissance, et gémit… D'une main il la prit par les cheveux pour l'embrasser, de l'autre il lui caressait le corps : sa main allait et venait partout sur sa peau douce et brûlante, chaude et pleine d'énergie… Julie frémissait de plaisir, leurs langues se mêlaient, agiles et douces, et les yeux fermés ils gémissaient doucement, en exploration mutuelle… Il grognait comme un lion, son désir le rendait plus entreprenant, il la coucha sur le dos, et commença son exploration…

C'est la danse qui commence,

Le tango ardent des sens,

Frémissements et tressaillements,

Frissonnements et cris ardents,

Jouissances extrêmes,

Sueurs et passions, chaleurs et envies,

Désirs brûlants, gémissements...

Ils s'aiment... Ils s'aiment...

Elle sentait ses mains parcourir sa peau, passer entre ses cuisses, bonheur, ardeurs, chaleurs... Étreindre ses hanches, tourner autour de ses fesses, les caresser fortement, les écarter, c'est chaud, c'est bon, encore, encore... Il embrassait ses seins, titillements, frémissements, elle haletait, gémissait, frissonnait, remuait et sursautait, criait et chantonnait... Intenses sensations... Ses mains semblaient chargées d'une électricité sensuelle qui allumait des incendies dans son corps, encore, encore... Il descendit le long de son ventre, vers son antre, son centre...

Julie sentit sa bouche sur son sexe et cria, sa langue dans son cœur et gémit, ses doigts qui écartaient les pétales de sa fleur et remua, désirs contre peurs, envies contre pudeur, plaisir contre raison... Bouche en elle, plaisir de bonheur, mordre sa main, crier son cœur, étreindre les draps, perdre la tête et laisser son corps, le donner et ne plus penser, accepter et jouir... Jouir... Jouir...

Quelle offrande ! Elle était si belle Julie, son corps tout entier criait de plaisir, elle était montée si haut, elle avait atteint ce point de non-retour et déjà toute sa jouissance déferlait de son antre brûlant, sur la langue de son amant retrouvé ; elle s'écoulait dans sa bouche, nectar divin, suprême cadeau qu'elle lui offrait du fond des abîmes mystérieux d'un orgasme fabuleux.

Cette délicieuse liqueur avait mis son amant dans tous ses états. Il quitta la source de Julie et lentement remonta sur son ventre, s'attarda un moment dans un petit coin, il se souvenait qu'elle appréciait particulièrement cet endroit... Puis remonta entre ses seins, les frôla rapidement, il avait tellement envie d'elle, il avait tellement envie de se perdre en elle...

Ses dents sur ta langue,

Son sexe dans le sien,

Ses mains sur sa hampe,

Sa bouche sur ses seins...

Il était maintenant sur elle, frottant son gland sur son bouton, il aurait pu déjà s'y introduire, mais il voulait attendre, il voulait qu'elle attende. Il lui tenait les mains remontées derrière sa tête, les yeux dans les yeux, ils s'échangèrent un sourire. Il aurait voulu lui dire qu'il l'aimait, mais c'était seulement la deuxième fois qu'ils se voyaient... Il s'approcha de sa bouche humide de désirs, il avait envie de la taquiner, de la pointe de sa langue il lui léchouillait les lèvres, Julie voulait l'attraper mais en vain... Plus il jouait avec sa langue, plus il se frottait, plus Julie lui serrait les mains, et c'est dans un râle de délivrance qu'il la posséda tout en lui donnant enfin sa langue dans un baiser magnifique... Il sentit toute la chaleur du désir de Julie le submerger, son sexe était brûlant, trempé, il avait attendu ce moment, enfin il était en elle... Ses mains lui faisaient mal, Julie serrait si fort, elle était si vivante, tellement présente, il le sentait, le fond de son ventre le réclamer, elle voulait qu'il aille loin, loin... Elle voulait qu'il la rejoigne « Rue des Étoiles »...

Son odeur et sa peau, ses seins et ses reins

Attisent sa faim, il les dévore il fait si chaud...

Il la tourne et la cambre, prends ses fesses

Pour d'intimes et ultimes caresses...

Caresses... Caresses...

Elle se laisse... Se laisse...

Julie se cambra pour l'accueillir et gémit de bonheur quand elle le sentit en elle, ondulant du bassin pour mieux l'accueillir en elle… « *J'aime…Encore… Encore…* ». Délices de le sentir en son calice, bonheur de sentir son sexe en sa fleur… « *Encore…Encore…* »

Ils devinrent enragés, perdus dans les plaisirs, qui des deux pourrait se souvenir ? Halètements et jouissances, tremblements et puissance, gémissements et transes… Baisers sur des lèvres usées, langues entremêlées, phrases entrecoupées, qu'importent les voisins, pourvu qu'il la prenne encore… Encore… Encore ! Explosion des plaisirs, orgasmes des amants…

La vague les emporte, les emmène, les porte.

Elle revient, reflue et revient encore,

Encore et encore… Encore… Encore…

Puis se calme, c'est la fin de la tempête,

Douceurs, tendresses, tête-à-tête…

Ils rêvèrent un temps, allongés, enlacés, descendant tranquillement le long de l'échelle qui touchait au ciel… Dormirent, puis se réveillèrent… L'aube était là, avec la vie qui va. Baisers et tendresse, adieux et tristesses, bonheurs et nostalgie, sentiments de plénitude et de manque…

C'est l'heure…

Un long baiser un regard,

Il ouvre la porte et sort.

Elle se prépare et s'en va.

Chapitre 3

Julie était retombée dans sa routine ordinaire, monotone et sans relief. La rencontre avec son inconnu lui trottait dans la tête en permanence ; elle revivait chaque seconde, chaque instant, chaque phrase ou geste avec émotion… Elle se languissait de le revoir, elle découvrait le mot « *se languir* ». C'est quand on a des vagues à l'âme, le manque dévorant de la personne aimée, si dévorant qu'il ressemble au ressenti d'un drogué qui n'a plus sa dose de dope. Elle lui parlait dans sa tête, imaginant ses réponses, elle lui racontait sa vie pour qu'il la connaisse mieux, lui chantait des chansons. Elle marchait dans sa maison ou dans la rue en souriant toute seule, revoyant les sensualités partagées… Elle avait envie de lui, envie, si envie… Envie de lui…

Elle ressentait ses mains sur son corps qui avait une mémoire instinctive, ondulant et remuant tout seul dans son sommeil surtout, au petit matin, elle pensait à son amant inconnu, les impressions revenaient alors si fortes… Ses mains sur ses hanches et les frissons, sa bouche sur la sienne et les ronronnements, son sexe en elle et le va-et-vient qui les faisait monter toujours plus loin… Elle sentait son odeur, elle voyait son corps, elle rêvait de lui puis se réveillait, puis rêvait à nouveau… Désirs, soupirs, désirs, désirs…

Ses yeux sont fixés sur elle,

Elle les voit dans la nuit, reflets fugaces

à la lumière des étoiles…

Je manque de Toi… Envie de Toi… Viens à Moi…

Julie arrivait à donner le change en famille et au travail, mais son esprit était ailleurs, refusant ce monde monochrome. Elle voulait retrouver les couleurs, l'intensité, les vibrations, les rires, les cris, le plaisir, le Jouir… Le Jouir, oh oui !

Elle ne savait toujours pas son nom, cet Inconnu lui manquait, elle voulait le revoir. Elle attendait comme on attend en hiver que le soleil revienne. Le plus étrange dans cette histoire était qu'elle ne savait toujours pas son nom. Elle n'avait ni son numéro de téléphone ni son adresse, et ne pouvait pas le contacter. Elle se sentait abandonnée sans lui, et pourtant, elle ne le connaissait pas…

Un jour, elle trouva dans son courrier une enveloppe de convocation à une journée de formation qui lui confirmait son inscription au séminaire d'un samedi à venir. Elle ne connaissait pas cette agence de formation, ne s'était inscrite à rien ; sans comprendre, elle chercha en vain un numéro de téléphone pour plus de précision, quand elle remarqua la signature du responsable du module : « *Monsieur Steven Inconnu* ». Elle sourit, elle avait compris. Elle laissa traîner sa lettre bien en vue, et se prépara pour sa journée à venir qui lui réserverait certainement quelques bonnes choses. Elle savait maintenant son prénom : *Steven* ! Elle s'exerçait à le dire à haute voix quand elle était seule, pour en apprivoiser les sonorités, et les relier à son inconnu et aux folies vécues ensemble. « *C'était une drôle de situation,* pensait-elle*, d'être amoureuse d'un homme dont on connaît le prénom seulement après deux rencontres torrides et inoubliables…* »

Steven était fier de lui, il avait pris la bonne décision ; il avait eu raison de lui envoyer cette convocation pour ce cours de formation. Il la savait intelligente, il en était certain, elle comprendrait !

Depuis cette fameuse semaine et sa double rencontre avec Julie, il n'était plus le même. Elle ne quittait plus ses pensées, à tel point qu'il se demandait à quoi il pouvait bien penser avant de l'avoir rencontrée. Il revoyait son sourire angélique, ses yeux coquins, son petit nez malin… Son corps de femme le hantait, sa chevelure sauvage, son cou fin, sa chute de reins vertigineuse, sa poitrine ferme et généreuse, son ventre plat et doux, ses jambes fines, ses petits pieds délicieux, ses fesses tellement accueillantes et son sexe brûlant… Toutes ces images d'elle tourbillonnaient sans cesse dans sa tête.

Ses yeux sont fixés sur lui,

Il les voit dans la nuit, reflets fugaces

À la lumière des étoiles...

Je manque de Toi... Envie de Toi... Viens à Moi...

Le rendez-vous était programmé pour samedi, il avait prévu d'aller la chercher à moto. Le seul indice qu'il lui avait laissé, c'était de s'habiller chaudement, simplement. Il espérait qu'elle ne viendrait pas en mini-jupe et talons aiguilles, c'étaient les prémices du printemps, le fond de l'air était encore frais. Il avait réservé un loft dédié aux rencontres clandestines, qu'il avait déniché sur Internet. Ils seraient mieux qu'à l'hôtel, et c'était surtout beaucoup plus discret. Il se réjouissait de découvrir cet endroit qui semblait très beau et excitant.

Le grand jour était arrivé, Steven regardait sa moto avec fierté ; elle était magnifique, elle brillait de toutes parts ; il s'était appliqué à la nettoyer « *nickel chrome* », il voulait que tout soit parfait pour sa Julie. Un doute le rongeait tout de même, mais il l'avait bien voulu. Dans sa convocation il ne lui avait donné aucun moyen de lui répondre, il ne savait donc pas si elle viendrait... Cela rendait leur rencontre encore plus excitante, il aimait ce genre d'incertitude qui prolongeait son statut d'inconnu jusqu'au dernier moment. Mais il eut soudain peur, très peur... Avait-il été trop confiant ? Elle l'avait peut-être oublié ? Pas reçu, pas vu ou pas compris son invitation ? Il chassa immédiatement ces mauvaises pensées de son esprit, chevaucha son engin et prit la route...

Julie attendait son amant au lieu-dit, très impatiente. Elle se souvenait de leur dernière rencontre, plutôt son corps se rappelait, et le montrait clairement. Elle avait peu dormi cette nuit... Rêvé de lui, gémi dans ses rêves, senti ses mains, sa bouche partout, son sexe dans son antre, elle ne tenait plus en place. Elle regardait autour d'elle, et comme à chaque rencontre avec son inconnu, le monde était différent... Quelqu'un avait allumé une lumière de plus dans le ciel, tout était plus brillant, lumineux, empli d'énergie. Tous les détails ressortaient plus nettement, amplifiés. Chaque brin d'herbe, chaque bruit, chaque détail. Comme dans ces films ou le héros vit au ralenti et observe intensément autour de soi… Elle entendit un bruit de moto et reconnut son amant ; elle se dirigea vers lui, le cœur battant… Il la vit et lui sourit, ils s'embrassèrent, un peu timides, ne s'étant plus vus depuis longtemps, et gênés de le faire pour une fois en pleine rue. Ils n'osaient pas s'appeler par leurs prénoms, qui semblaient faits pour leur vie personnelle dans le Monde Réel et peu adaptés à leur relation sensuelle et irréelle.

J'aime tes yeux quand tu me souris,

Il y a une lumière dedans…

Je manquais de Toi… Envie de Toi…

Sois avec Moi… Sois à Moi…

Steven alluma le moteur, tourna sa machine vers le départ, et Julie enfourcha l'engin derrière lui, heureuse d'avoir pensé à prendre un pantalon et une veste chaude. Elle se colla avec bonheur contre le torse de son amant, avec la bonne excuse de se serrer contre lui et de l'étreindre ; il semblait apprécier et lui caressa la jambe ; ils partirent, le cœur en fête. Ils roulèrent dans le premier jour de printemps, sous le soleil, avec un vent frais qui restait agréable… Elle chantait sous son casque, heureuse de voler cette superbe parenthèse de vie au morne quotidien ; elle avait décidé de profiter au maximum de toute leur rencontre. Ils roulèrent un long moment, unis dans le même mouvement rapide et grisant, préliminaire sensuel de cette union qu'ils avaient projetée…

Leurs yeux et leurs corps reliés vibrent…

Je manque de Toi… Envie de Toi…

Viens à Moi, Sois à Moi…

Ils trouvèrent facilement le loft discret loué pour l'occasion, dénichèrent comme dans un jeu le cadenas qui le fermait, s'embrassant déjà à pleine bouche, tout heureux de retrouver les sensations inscrites dans leur corps depuis la dernière fois. Ils pénétrèrent dans la salle, posèrent leur affaires dans un coin et ne mirent pas long à s'embrasser passionnément, se tenant par les cheveux ou les mains, haletant, balançant debout au milieu de la pièce… Steven passa ses mains sous le T-shirt de Julie ; elle gémit, il connaissait ses petits coins préférés, là aux hanches, là aux fesses et ne se priva pas de les caresser ; elle sentait la première vague de plaisir monter, celle où c'était presque douloureux d'avoir attendu si longtemps, celle qui était presque insupportable… Plaisir-envie-plaisir-impatience-plaisir-désir…

Steven pensa qu'Il fallait qu'ils progressent, ils étaient tellement excités de se retrouver, qu'ils étaient toujours coincés dans l'entrée en amants enfin réunis. Il dirigea Julie vers l'intérieur de la pièce ; tout en l'embrassant, ils marchaient à petits pas, bouche contre bouche, corps enlacés. Puis ils se retournèrent pour admirer les lieux…

Ce loft était de toute beauté : il y avait à l'entrée un bar tout en bois avec ses tabourets hauts, puis on voyait un salon de fauteuils en cuir. Les murs étaient ornés de photos de superbes femmes nues. Plus loin derrière un rideau transparent, le style devenait plus chaud : une croix de bois était dressée contre une paroi, avec des menottes et quelques instruments SM. Il y avait deux lits qui se regardaient en V et au milieu, grand frisson, un jacuzzi. Sur un fond de musique romantique et faiblement éclairé de lumières rouges, cet endroit était un paradis érotique, une sorte de palais du plaisir…

Steven avait souvent pensé à ce moment qu'il était en train de vivre. Il avait imaginé mille et une manières d'approcher Julie… Il avait mis au point des stratégies de drague afin de l'emmener lentement vers le désir… Il avait fait des plans sur la manière de la déshabiller. Eh bien, en deux minutes, tous ces stratagèmes avaient été balayés par le vague d'envie qui les emporta dans un tourbillon… Ils se trouvaient dans un endroit magnifique, le remarquant à peine, ils s'étaient enfin retrouvés et ils allaient s'aimer…

Ses yeux sont fixés sur lui, il les voit de tout près,

Ils lui sourient par de petits plis de bonheur

Tandis que ses lèvres sont chaudes contre les siennes...

Je manque de Toi... Envie de Toi... Sois à Moi...

Sans se lâcher, les deux amants avancèrent lentement vers le bar. Steven dirigeait la manœuvre et Julie lui faisait confiance, les yeux fermés, les lèvres collées, elle se laissa guider. Le corps de Julie frémissait sous ses caresses, de multiples petits spasmes l'envahissaient. Steven se souvenait de ce corps tellement vivant, mais aujourd'hui c'était beaucoup plus fort, il le sentait, Julie allait lui exploser dans les mains... Son souffle était fort, rapide, il la touchait à peine pourtant elle était au bord de la jouissance. Lentement il lui enleva le petit t-shirt brun, l'embrassa encore à pleine bouche, il sentait sa respiration toujours plus rapide sur ses lèvres, il profita de retirer son soutien-gorge, elle sursauta quand elle sentit ses mains sur ses seins, puis ses lèvres... Il décida de passer derrière elle, il la fit pivoter, lui souleva ses longs cheveux et l'embrassa voracement dans la nuque tout en la serrant fermement contre lui. Un long cri s'ensuivit, elle se mit à taper des pieds, son corps tout entier était en transes. À ce moment précis il sut, il avait compris pourquoi cette fille le hantait jours et nuits depuis leurs dernières rencontres... Il l'aimait.

Il quitta sa nuque et remonta vers son oreille et lui murmura : « *Je suis ton Steven et tu me rends fou* ». Elle répondit : « *Je suis ta Julie, je t'adore !* »

Julie ne savait plus comment gérer son corps, envahie de sursauts et de secousses électriques à chacun des contacts des mains magiques de son amant... Elle trépignait sur place, incapable de rester debout sans bouger, envahie de frissons et de langues de chaleur qui parcouraient son corps... Plaisirs insupportables, impossibles à contenir, elle se mit à mordre ses mains, seul moyen de contenir cette force qui explosait en elle. Elle sentit qu'il passait ses mains dans son pantalon baggy, un bon vêtement à mettre avec un amant aux mains baladeuses...

Celles-ci touchaient ses fesses et son pubis, puis défirent la fermeture, et elle les sentit entre ses cuisses et remonter vers son cœur, retirer lentement très lentement son short… Elle écarta les jambes et ondula du bassin, jouissance aiguë, délicieuse, elle était mouillée déjà de tous ces contacts, mais se sentit couler de bonheur, elle gémissait ne tenait plus sur ses jambes. Son amant comprit le problème, la fit asseoir sur un tabouret de bar, et tout en l'embrassant retira ses vêtements, prit son sexe d'une main lui écartant les jambes, et la pénétra lentement… Lèvres contre lèvres, sexes réunis, ils entamèrent cette journée de plaisirs en prenant le temps, grognant et gémissant, tandis qu'elle se retenait à lui, enroulant ses jambes autour de sa taille ; elle était juste à la bonne hauteur, elle jouit déjà à ce moment, avec de petits spasmes qui la secouèrent entière…

J'aime tant tes mains sur moi,

J'aime tant ton regard sur Moi,

J'aime tant ton sexe en moi,

Je manque de Toi… Envie de Toi…

Viens à Moi… Viens en Moi…

Puis avec son sourire qu'elle aimait tant, Steven se retira d'elle, la guida vers le canapé en cuir qui semblait fait pour des ébats torrides, et la poussa à s'appuyer dessus, dos cambré, offerte… Julie le sentit derrière elle qui relevait ses fesses d'un geste qu'elle adorait ; il mettait ses doigts dans un endroit magique et intime qui la faisaient déjà gémir, sous le petit pli caché, vers son étoile… Il entra en elle, lui caressant le dos, les reins, les seins… Elle se mit à frémir, frissonner, gémir et crier, elle percevait tant de plaisirs en elle, dans des endroits endormis le reste de sa vie, qui se réveillaient et vibraient… Chaque mouvement suscitait au fond d'elle des sensations merveilleuses, elle sentait qu'elle coulait à nouveau, de petites jouissances accompagnées de spasmes… Ils se parlaient un peu, gémissements et mots d'amour, caresses et frissons…

« *Que t'es belle ma Julie, tellement belle !* » Steven ne pouvait s'empêcher de lui faire des compliments quand il était profondément perdu en elle agrippé à ses hanches. Elle était magnifique avec ses cheveux qui se répandaient sur son dos et sa chute de reins qui plongeait vers ses fesses si bien dessinées… Il adorait cette position debout derrière elle, pour jouir de la chaleur de son antre qui l'enrobait divinement, et sentir les brûlures délicates de son liquide du bonheur quand il se répandait sur son sexe…

Steven était au bord de la jouissance. Afin de se calmer, il la prit par le bras et lui demanda de se redresser. Julie était essoufflée, les lèvres humides, elle semblait revenir d'un pays merveilleux. L'air un peu ahuri elle lui fit don de son joli sourire qui le faisait craquer à chaque fois. Il se mit à lui sourire également puis l'embrassa longuement, passionnément… Il voulait, par ce baiser, lui montrer à quel point il était heureux avec elle, et la remercier d'être aussi fraîche, aussi vivante, aussi libre…

Ses yeux sont fixés sur lui,

Il les voit se mouiller dans le plaisir.

Je manque de Toi… Envie de Toi…

Viens à Moi… Sois à Moi…

Steven prit Julie par la main et l'emmena vers les lits, avec un dilemme à résoudre : Lequel prendre ? Il choisit celui de gauche et lentement il la coucha. Il lui souriait toujours, ce sourire coquin qu'elle commençait à connaître et ce regard malin qui voulait dire :

« *Viens ma belle, viens… J'ai envie de toi, j'ai envie de tout avec toi… »*

Lui écartant lentement les cuisses il plongea dans son intimité. Comme à chaque fois la réactivité de Julie était fulgurante, ses premiers coups de langue la faisaient bondir, son bassin sursautait par à-coups, mais son amant se méfiait maintenant, et il savait qu'il devait le faire avec douceur au début. Lentement, elle accepta sa langue gourmande et il put longuement et avec un plaisir intense se perdre dans son sexe qui ne demandait qu'à se faire cajoler. Elle était trempée, quel bonheur de pouvoir s'abreuver de ce liquide du plaisir… Il était tellement excité qu'il voulut la prendre à nouveau, il quitta sa fleur et remonta posément sur son ventre, puis sur ses seins. Il s'arrêta brièvement pour les prendre entre ses lèvres, elle gémit en le tenant aux épaules, puis tout en lui prenant la bouche il s'introduisit en elle dans un ronronnement de plaisir.

Ils jouirent longuement perdus l'un dans l'autre, Steven était plein de sa force de lion et avait décidé de tout essayer avec Julie… Il se retira d'elle et la prenant par la main l'entraîna vers le jacuzzi… Ils y entrèrent avec un sourire ravi et l'explorèrent avec des rires de gamins… Il y avait de petits creux pour s'asseoir, et il fallait adapter leurs corps fusionnés de manière optimale… ils finirent par trouver que le roi lion serait fort bien étendu dans le plus confortable avec sa

Julie flottant au-dessus de lui, ce qui était bien pratique pour la caresser partout… Ils s'embrassèrent avec délectation, perdus dans les bulles et le ballet aquatique commença… Les sensations étaient étonnantes, Julie sentait les mains de son amant sur elle dans tous les recoins de son corps, elle lui rendait la pareille, leurs langues unies… Il introduisait les doigts dans son antre et la faisait crier de plaisir. Elle caressait son sexe dressé dans l'eau, il rugissait de bonheur…

Leur regard noyé l'un dans l'autre,

Leurs bouches collées,

Je manque de Toi…

Envie de Toi… Viens à Moi… Sois à Moi…

Ils réussirent à s'unir dans l'eau, par une prouesse de sportifs de haut niveau qu'ils étaient, riant aux éclats… Il lui fit longtemps l'amour dans ce bouillon cosmique, tandis qu'ils varièrent les positions, ce fut leur parenthèse ludique-érotique… Retournés en enfance, ils s'amusèrent comme des fous, se giclant, se buvant le champagne de bouche à bouche, et chaque fois, ils rallumaient le mécanisme des bulles qui s'arrêtait régulièrement… Il y avait un règlement qu'ils avaient à peine lu stipulant qu'il ne fallait pas dépasser trois sessions et qu'il ne fallait pas faire l'amour dans le bain… Comme le gérant du loft s'était annoncé absent, ils firent donc les fous sans aucune retenue. Enragés d'amour, ils y passèrent une heure et demie, et finirent par en sortir, riant aux éclats, regardant la peau de leurs doigts toute fripée… Ils sauraient plus tard que le gérant n'était pas absent du tout, qu'il avait dû être en observation quelque part, car Steven recevrait un mail le lendemain lui reprochant d'avoir fait l'amour dans le jacuzzi ; Il y répondrait avec toute sa superbe léonine : « *Pas de problème – stop – pas éjaculé dans le jacuzzi – stop »*, Quant au gérant, ils espérèrent qu'il avait aussi eu du plaisir en les admirant se donner autant de bonheur…

Steven s'empara d'un grand linge blanc et en recouvra sa Julie qui était parfois un peu frileuse. Il la serra contre lui et l'embrassa encore. Plus de trois heures que leurs lèvres ne s'étaient pratiquement pas quittées, mais il en voulait encore, il ne se lassait pas de l'embrasser. Ceci eu pour effet de lui redonner de la vigueur, il lui retira ce tissu devenu inutile, la bascula sur le lit, mais l'autre cette fois, il y avait deux lits : « *Il faut les essayer les deux* », pensa-t-il avec amusement…

Encore, encore… il en voulait encore… Il se mit à genoux, tira Julie vers lui face à lui, remonta ses jambes autour de sa tête et la pénétra dans cette position qu'il adorait, car il pouvait admirer son magnifique corps. Il se mit à lui caresser les jambes, puis les pieds, qui étaient gelés, Le passage du jacuzzi vers le lit les lui avait refroidis… Il faut dire que c'était le début du printemps et ce grand loft n'était pas bien chauffé. Mais peu importe, Steven en véritable chauffage central n'allait pas tarder à leur redonner des couleurs… Sans arrêter son va-et-vient en elle, il lui prit tendrement un de ces pieds et se mit à les embrasser l'un après l'autre, pour ensuite sucer délicatement les orteils. Julie se cambra de jouissance, ce qui les excita tous les deux un peu plus encore, il accentua encore le rythme, Julie suivit et ensemble ils décollèrent à nouveau vers le chemin du Plaisir…

Elle n'avait plus froid, leurs corps unis à nouveau dans le même élan de bonheur dansaient, se mélangeaient, s'aimaient… Steven était en transpiration, le rythme endiablé qu'il donnait à leur union emmena Julie à l'orgasme, elle se laissa aller et cria tout son plaisir… Il la laissa se calmer un peu puis la retourna sur le côté, il en voulait encore, il l'aimait, il avait encore envie d'elle…

Amour-tendresse- Amour-Passion,

Je manque de Toi, Sois en Moi, Sois à Moi…

Ils étaient maintenant tournés sur le côté, Steven bien calé dans le dos de Julie… Cette position était exquise, il pouvait se perdre en elle, la tenir par les hanches, lui écarter les fesses et lui caresser son étoile lentement… Julie vibrait de bonheur, elle adorait ça. Il introduisit ensuite délicatement un doigt dans son petit trou. Julie pouvait sentir en *alternance* le sexe et le doigt de son amour la pénétrer lentement… Leurs corps flottaient unis dans une même danse quand l'incroyable se produisit… Steven imbriqué délicieusement dans le corps de Julie qui le suivait en parfaite harmonie, se mit soudain à trembler de tout son corps… Difficile à décrire ce qui était en train de se passer. Il était comme en transe, son souffle devint plus rapide, son corps se raidit. Son sexe enfoui au plus profond de Julie, il s'envola vers le paradis des amants perdus, dans une espèce d'extase ou d'orgasme cosmique… C'est la petite voix de Julie qui le ramena à la réalité. Il eut tout à coup très peur, que se serait-il passé si elle ne l'avait pas rappelé ?

Julie sentit son amant partir dans une espèce d'orgasme fait de sursauts brusques et de gémissements… Il semblait partir si loin qu'elle l'appela et fut soulagée de le voir revenir à la réalité en lui souriant d'un air ravi et extasié. Fatigués par toutes ces folies, ils se reposèrent tout en s'embrassant, il était impossible de se séparer un instant. Ils finirent par se décider à manger ce que Julie avait acheté avant de venir : une bière pour son lion et de la gazelle fraîche pêchée dans la rivière sur de petits toasts, selon leurs plaisanteries codées au cours de leurs mails. Ils avisaient créé un langage à eux, faits de mots et d'allusions humoristiques. Ils se restaurèrent allongés dans ce lit, picorant dans la même assiette, buvant à la même bouteille, fusionnés encore et encore… Ils ressentaient de la fatigue, et refirent encore l'amour plus calmement. Quand même, après des heures de sexe, leurs corps devenaient un peu las ! Enfin leur amour toujours présent les amena toujours enlacés pour une douche commune, se lavant mutuellement entre tendresse et plaisanteries. Puis ils se rhabillèrent et quittèrent le loft heureux et ravis, ils avaient exceptionnellement encore la soirée pour eux. Chacun d'eux avait trouvé une excuse plausible pour ne pas rentrer tout de suite. Ils ne craignaient plus autant d'être remarqués, car ils étaient si désireux de vivre leur soirée ensemble, pour la première fois.

Enfin ils pourraient faire ce que font tous les couples de la terre… Se promener main dans la main, boire un verre sur un port en regardant le soleil se coucher, manger au restaurant, s'embrasser dans la nuit… Ils firent tout cela et ils en retirèrent un plaisir inégalé ! Toutefois, il fut difficile de manger au restaurant l'un en face de l'autre, ils auraient volontiers retiré leurs vêtements et mangé nus assis l'un sur l'autre, sexes imbriqués ! Ils refrénèrent leurs pulsions le temps du repas, mais sitôt hors du café, ils reprirent leurs baisers langoureux, marchant le long des rues bouche contre bouche, pour éviter les chocs dans les réverbères ils inventèrent la marche des vrais amoureux, Julie allant à reculons tandis que Steven guidait la manœuvre…

Avant de se séparer, Julie mendia encore un peu de son homme qui avait bien repris des forces après qu'elle lui ait pris son sexe dans sa bouche à genoux dans le noir, partagée entre désir, peur et amusement… Un hangar à bateaux leur servit de paravent, Julie debout accrochée à un grillage branlant tandis que son amant la prenait avec beaucoup d'envies encore et encore… Les mains à ses fesses, les pantalons des deux amants simplement baissés, plaisirs et rires contenus, encore et encore ils jouirent debout pour la dernière fois de cette folle journée… Elle eut peur des passants mais la nuit fut clémente, et ils se séparèrent ensuite, après de nombreux baisers. Ils devaient rentrer chez eux, retourner vers leur couple, leur mariage, leur famille, leurs devoirs… Ils ne pourraient rien oublier, ils savaient déjà qu'ils devaient se revoir, rien d'autre ne comptait désormais.

À nouveau ils vivraient une séparation dont ils compteraient les jours, empreinte de souvenirs enfiévrés et d'amours torrides, de manque de l'autre… Ils ne pourraient en parler à personne, ils devraient cacher cette merveilleuse aventure interdite, clandestine. Le mensonge était embelli par la grandeur et la force de leur amour. Ils ne ressentaient aucune honte à vivre ces folles rencontres, c'était inscrit en eux, *c'était « obligé »*… Ils avaient beaucoup réfléchi ensemble à ce sujet, pour en tirer la conclusion suivante : ils aimaient leurs conjoints d'un amour familial, normal, amical. Mais dans leur histoire, il s'agissait d'une urgence irrésistible de se revoir, d'un sentiment intérieur comme inspiré. Ils devaient se revoir, se parler, s'écrire, absolument ! Une connivence extraordinaire naissait entre eux, nourrie de confidences et de hasards de pensées communes, de longs messages, de rires et sourires virtuels. Ils échangeaient d'innombrables mails, textos écrits en cachette, à l'insu de leurs proches. Ils s'écriraient encore des mots doux, des poèmes, où désirs rime avec languir, jouir avec rire, plaisirs avec gémir…

Ses yeux sont fixés sur elle, elle les voit dans la nuit,
Reflets fugaces à la lumière des étoiles…
Je manque de Toi… Envie de Toi… Viens à Moi…
Tes mains sur mes reins, tes mains sur mes seins,
Ton sexe en ma bouche, ma bouche à ton sexe…
Je manque de toi, sois en Moi… Sois à Moi…

Ses yeux sont fixés sur lui, il les voit dans la nuit,
Reflets fugaces à la lumière des étoiles…
Je manque de Toi… Envie de Toi…Viens à Moi…
Tes mains dans mes mains, mes mains sur tes seins,
Mon sexe en ta fleur, ma bouche à ton sexe…
Je manque de toi, sois à Moi… Sois à Moi…

Chapitre 4

— Eh ! Paolo ! Venire qui !

— Tu as vu le motard sur la terrasse !

— Je te parie qu'il a un rendez-vous galant !

— Pourquoi dis-tu cela ? répliqua Paolo.

— Il est seul et il sourit aux anges…

— Et regarde son sourire !

— Il a le sourire lumineux d'un homme heureux.

— De plus il scrute nerveusement le parking.

— Je suis certain qu'il a un rancard.

En effet Steven attendait sa Julie et il piaffait d'impatience. Jamais encore jusqu'à aujourd'hui il n'avait été dans un tel état d'excitation. Dix-huit jours qu'il ne l'avait pas revue, c'était long, trop long ! Ils avaient dû tant attendre ! Il avait passé des nuits interminables, rongé par le désir, hanté par les images des derniers moments passés ensemble ; son corps souffrait de cette séparation ; il vivait dans le désir de retrouver sa Julie, sa peau, son odeur, sa bouche, ses lèvres, son sexe, d'entendre sa voix et de la prendre lentement, sauvagement, tendrement, de toutes les manières que son esprit enfiévré imaginait… Et qu'il retranscrivait dans les SMS qu'il lui envoyait chaque matin :

« Coucou… C'est moi ton Steven… Baiser du matin… Baiser langoureux, je prends tes lèvres si douces, ma langue joue avec la tienne tu gémis… Tu gémis… Donne-moi tes lèvres… »

— Et toc ! s'écria le garçon de café.

— Paolo ! Venire aqui di nuovo !

— J'arrive ! lance Paolo en branlant la tête.

— Je t'avais dit ! J'en étais sûr !

— Regarde la fille en noir qui arrive, regarde son visage, regarde son sourire !

— C'est le même sourire que le motard !

— Elle est radieuse, resplendissante, rayonnante ! Ma !

— Regarde sa démarche, elle est tellement légère, elle vole littéralement ! Si !

— Je crois qu'elle veut lui faire une surprise ! Ma, bellissima !

Julie courait presque vers son Steven. Enfin ! Elle avait tant attendu, avait passé exactement dix-huit nuits à se trémousser dans son lit en revivant les rencontres précédentes pleines de passions, de jouissances merveilleuses et de plaisirs surprenants. Elle avait remué dans son sommeil en se caressant les endroits de son corps qu'il aimait, et ressentait presque les mêmes sensations… Elle avait rêvé de lui en imaginant la rencontre à venir, dans ce lieu inconnu, un nouveau loft que son Steven avait encore déniché ; ce lion était plein de ressources pour trouver les tanières qui abriteraient leurs amours ! Elle adorait recevoir ses SMS du matin, qui la mettaient en état de désir dès le lever :

« Mes lèvres quittent ta bouche et descendent à ton cou, tes seins…Hummm… Ils sont si doux… Tu frémis… Je descends encore vers ton ventre, tes hanches, tu gigotes dans mes bras… »

Julie avait cru ne pas pouvoir attendre, dix-huit jours ! Ce n'était pas possible, son corps réclamait sa nourriture sensuelle, son cœur se languissait de son amoureux, elle piétinait d'impatience en comptant les jours sur son calendrier ; elle était emplie de fièvres d'envies, de désirs, de sexualité refoulée qu'elle craignait de voir exploser au moment où elle verrait enfin son amant ! Elle l'avait prévenu, elle avait peur de ses propres réactions, elle se sentait comme une marmite sous pression, envahie totalement de pulsions qu'elle ne saurait peut-être pas gérer… il avait répondu dans un SMS torride qui l'avait fait tressaillir de joie, de désir, et d'impatience de la rencontre à venir :

« Je descends encore, mhmm…Grand frisson… Me voici là où tu aimes me sentir, mes lèvres sont tout près de ton cœur de ta fleur… »

Chaque matin de cette interminable attente elle avait reçu des SMS qui la faisaient toujours plus vibrer et frémir, gigoter et gémir ; c'étaient des lectures torrides qui faisaient battre son cœur et chauffer son ventre… Le secret et la peur que leur affaire soit découverte attisait l'intensité de leurs émotions, dans la précarité des amours interdites. Elle n'en n'avait parlé à personne, pas même à Claire sa meilleure amie. Elle vivait chaque instant comme peut-être le dernier, entre angoisse et excitation. Elle savait que s'ils étaient découverts, tout pouvait s'arrêter d'une seconde à l'autre. Ou si son amant se lassait d'elle, tout était possible… Elle ne voulait rien prévoir, rien espérer. C'était si merveilleux qu'elle avait décidé de débrancher son raisonnement ou sa moralité de femme mariée, pour vivre chaque parcelle de leurs rencontres lumineuses comme autant de pépites de bonheur.

Le jour dit, Julie se leva en hâte, se prépara pour son rendez-vous, s'habillant simplement, un jean noir, un pull noir sur des dessous de dentelle blancs, prit le volant par cette magnifique journée ensoleillée. Une rencontre bénie par le beau temps, c'était un excellent présage… Elle souriait en roulant, enfin elle verrait son Steven !

— Regarde, elle s'avance derrière lui !

— Oh, il l'a sentie arriver… Dommage, on aurait vu quelque chose d'amusant !

— Oh làààà le baiser… Et je dois chercher la commande ! Je

vais déranger…

— N'oublie pas de toussoter fort, ils ont oublié qu'ils ne sont pas seuls… Olala regarde ! Ça c'est du baiser amoureux !

Les deux amants étaient si occupés à s'embrasser passionnément, que le toussotement égrillard et sonore du serveur les fit sursauter… Les deux amoureux lui sourirent, il fit un clin d'œil et les laissa. Ils se mirent à rire comme des petits fous, ça commençait fort, il n'y avait pas cinq minutes qu'ils étaient installés sur cette terrasse que déjà ils s'étaient fait remarquer. Pour un couple clandestin, ce n'était pas très malin !

Ils finirent par se trouver trop exposés à la vue du public et ne pouvaient plus attendre de se retrouver nus l'un contre l'autre. Ils quittèrent le restaurant et partirent vers le parking en se tenant par les doigts. Steven chevaucha sa monture pétaradante, et Julie monta dans son carrosse à moteur, et ils se dirigèrent vers ce loft, temple du plaisir qui allait accueillir leur amour après tant de jours de séparation. Celui-ci se trouvait dans la zone industrielle d'une petite ville thermale au bord d'un lac. Qui aurait pensé qu'au milieu de ces affreux hangars anonymes se nichait un tel endroit, un lieu discret et torride où tant d'amants aimaient à se retrouver ?

Enfin sur place, la précieuse clé en main, ils grimpèrent les quelques escaliers qui les conduisaient vers la porte du loft. Julie l'avait mis en garde, elle avait tellement envie qu'elle allait peut-être exploser, mais Steven n'était pas en meilleur état, lui aussi attendait ce moment depuis si longtemps… Ils se retenaient de rire, de courir tant ils étaient excités en longeant les couloirs qui résonnaient sous leurs pas ; ils se tenaient par la main en se souriant, dans une connivence coquine, sans parler, pour éviter d'être remarqués par d'autres locataires des lieux. Ils ouvrirent la porte puis la refermèrent…

Enfin ils étaient derrière la porte………………

Ce loft était en forme de « U » à l'envers. On trouvait en entrant sur la gauche un bar tout équipé, puis dans le coin droit un petit salon bleu, avec deux canapés, deux petites tables, des poufs, et dans l'angle du mur une sono puissante. Puis dans l'autre aile du « U » une télévision, un lit et un jacuzzi.

— « *Youpi* ! » s'adressa le pouf au fauteuil.

— « *Un nouveau couple qui arrive* ! » répondit le fauteuil.

— « *On va pouvoir se rincer l'œil... Eh ! Eh !* » reprit le pouf.

— « *Aie ! Ils m'ont l'air chaud ceux-là, ils n'ont pas fait deux mètres qu'ils se jettent déjà l'un sur l'autre !* »

À peine la porte fermée, nos deux amants impatients se tombèrent dans les bras et leurs bouches furent avides de se rejoindre, de se manger, de se déguster. « *Mon Dieu, comme il aimait la bouche de sa Julie !* » Exultait Steven. Elle était si douce, si pulpeuse, si entreprenante et sa langue était si fine, si habile, si curieuse. Elle avait toujours un petit goût un peu sucré qui le rendait fou

« *Tu sens ma langue qui remonte lentement depuis le creux de tes reins vers ta nuque...Tu gémis...* »

« *Tu sens mes lèvres humides qui remontent le long de ton cou à la recherche de ta bouche entrouverte de désirs...* »

Les deux amants jetèrent leurs sacs dans un coin, et sans se lâcher se dirigèrent vers le petit coin salon. Steven s'assit à terre près de la sono pour mettre de la musique, mais Julie lui sauta dessus avec impatience, l'enfourcha en le plaquant au mur et l'embrassa profondément. Elle vibrait, l'odeur de l'amour la submergeait, son corps tout entier le réclamait. Ils s'embrassèrent longuement ; Steven se dégagea tant bien que mal du coin où elle l'avait coincé, et la tournant sur le canapé, voracement lui arracha ses habits… Ils étaient comme fous, fous de se retrouver, fous de se donner sans compter, fous de s'abandonner l'un à l'autre totalement :

« J'ai faim de toi, j'ai faim de ta peau, j'ai faim de ton odeur, de ta bouche, de tes lèvres… J'ai si faim… de toi… »

Julie était maintenant sublimement nue, allongée sur le canapé, sa beauté éclatante illuminait tout le loft. Elle regarda son Steven se déshabiller en se caressant les seins, elle avait ce regard coquin qu'il connaissait bien, elle se trémoussait, elle ondulait d'envie… Steven n'en pouvait plus, il la saisit par les hanches, s'approcha de son ventre qu'il parcourut de sa langue jusqu'au pubis, et plongea sa bouche en son antre. Il la cajolait à peine qu'il sentit le désir de Julie exploser dans sa bouche et il s'abreuva délicieusement de tout le plaisir de son amour trop longtemps contenu.

— *« Houah ! »* s'extasia le fauteuil.

— *« Quelle extase !* « s'exclama le pouf.

— *« J'en ai déjà vu des couples, mais ces deux-là !!! C'est de la passion à l'état pur ! »*

— *« Ils s'aiment tout simplement ! »* rétorqua le canapé. *« Regardez, je suis complètement inondé ! »*

Encore et encore, l'explosion que Julie redoutait et attendait. Son corps était si frustré par l'attente qu'il se libérait en jouissances extrêmes. Elle gémissait et se débattait sous les secousses de plaisir, Steven la tenant solidement ; il la connaissait maintenant si bien qu'il savait la contenir tout en insistant encore, l'amenant toujours plus loin. Elle criait et gémissait, et explosa de nombreuses fois, toujours plus loin et fort, secouée de plaisir…

« Hummock… de ton ventre chaud je veux goûter les sources du

plaisir aux fontaines de nectar de vie... »

Puis Steven se releva, ils se sourirent ; Julie aimait tant son sourire, elle était essoufflée, avide de le sentir en elle ; il le savait, il la retourna comme elle aimait qu'il la prenne doucement par les hanches ; elle se retrouva à genoux sur le tapis devant le canapé ; il lui écarta la fesses, de ce geste qu'elle adorait, la pénétra, oh douceur, et commença le merveilleux roulis ancestral de leur amour, oh bonheur, encore loin, encore fort, il pétrissait ses hanches, ses fesses, ses seins, il la reprenait contre lui encore, encore plus loin, plus fort, plus long, plus puissant, oh douceur, ils gémissaient de concert, trop bon, encore, plus fort, encore plus loin, encore le balancier qui accélère, encore plus doux, encore plus lentement, le mouvement ralentit, puis reprend sa course, oh chaleur, c'est chaud, c'est bouillant, elle coule hors de son antre, il coule des gouttes de sueur qu'il étale sur ses hanches, glissantes, avides, frémissantes, douces et pleines, encore, plus fort, encore... Encore...

Ronronnements et gémissements, cris et halètements, ils ne virent pas passer le temps. Ils finirent tout de même par s'arrêter, Steven aimait tout essayer, le canapé était testé, il se retira et prenant Julie contre lui, ils marchèrent enlacés vers le lit...

— *« Ouf !* soupira le canapé, *je n'en peux plus... Ils sont malades ces deux-là ! »*

— *« Oui,* répondit le pouf, *malades d'amour ! Ça va ? »*

— *« Complètement trempé, mais bon, cette eau d'amour est délicieuse je dois dire... »*

— *« Hé hé !* sourit le pouf, *heureusement que je suis trop petit pour eux ! »*

Steven allongea Julie sur le lit, ils regardèrent avec amusement leurs genoux irrités par une heure à genoux ; une heure déjà de folies près de ce canapé, et ils recommencèrent à s'embrasser... Leur sang reprit son flux, les respirations devinrent à nouveau rapides, caresses et tendresses, puis morsures légères et petits cris, Julie n'était pas calmée elle en voulait encore. Steven la guida vers son ventre, son sexe, elle comprit et le prit dans sa bouche, le lécha et suça, le mordilla et l'avala avec délicatesse, sensualité… Elle commençait à s'y habituer, elle aimait ce moment ; il gémissait et ondulait en cadence, puis il caressa ses fesses, sa raie, ses seins ; Julie sentit le plaisir arriver ; ils jouirent de nouveau, unis en mouvements accordés, frémissants et suant de plaisirs, Steven secoué de spasmes de jouissances, de petits orgasmes cosmiques comme il connaissait depuis quelque temps avec Julie…

« Te prendre et me perdre en toi, sentir ta bouche, tu es si belle… »

— *« Olala…* soupira le lit… *Ils sont chauds ces deux-là, je ne sais pas si je vais tenir le coup ? »*

— *« Au moins tu es aux premières loges ! »* rétorqua le pouf.

— *« Je te soutiens moralement ! »* fit le canapé.

Steven reprenait lentement son souffle tendrement blotti contre sa Julie, les lèvres sur son cou juste sous sa chevelure sauvage. Ses orgasmes nouveaux étaient si forts et demandaient une telle énergie qu'il devait récupérer. Mais aujourd'hui il n'avait plus peur de ses envols de jouissances, il savait revenir tout seul et il commençait presque à les maîtriser…

Il quitta lentement son cou, la tourna sur le dos, se glissa posément entre ses cuisses et en extension sur ses bras la regarda avec amour et lui sourit. Puis d'un coup sec il s'introduisit en elle en un long soupir d'extase. Elle le reçut avec délice et captura son membre durci et raidi au cœur de son sexe en fusion. Steven, profondément enfoui au fond de son ventre, l'admirait. Il aimait ce visage illuminé par le désir et il craquait à chaque fois devant cette délicieuse bouche légèrement ouverte et humide qui laissait deviner cette petite langue agile, qu'il vénérait…

Puis plus rapidement il s'activa en elle, son souffle devint plus saccadé au fur et à mesure que son excitation montait. Il lui tenait fermement la nuque d'une main pour mieux lui dévorer la bouche. Au contact de ses lèvres douces et sucrées, il devint comme enragé de désirs pour sa Julie. Il voulait la prendre encore, encore et encore. Toujours plus loin, toujours plus fort. Julie se laissa emporter dans ce tourbillon de volupté et ensemble ils se mirent à rugir de bonheur.

— *« Eh les gars ne m'abandonnez pas ! s'écria le lit. Au secours ! Ils sont fous ! J'attrape le mal de mer ! »*

Sous les assauts répétés de son Steven en transpiration et féroce d'envie, Julie montait vers son plaisir, elle le sentait, le moment était venu d'éteindre ce feu qui lui brûlait le ventre.

Il le savait, elle était prête, et d'un dernier coup de rein il s'enfonça au plus profond d'elle, puis il se bloqua en la tenant solidement. Elle grimpa encore quelques secondes à la recherche de son plaisir puis s'arrêta de respirer… Ce temps lui parut interminable, allait-elle revenir ? Puis ce fut la libération, elle se lâcha totalement, cria et laissa déverser son torrent de joie sur ce feu d'amour qui se consumait en elle et ensemble dans la paix ils redescendirent de ce jardin d'Éden où ils s'étaient envolés…

— *« Ouf ! Suis pas bien moi.* s'exclama le lit.- Eh, les copains, ne me *laissez pas tomber ! »*

— *« Débrouille-toi ! »* lancèrent en cœur les poufs, les tables et le canapé.

À peine lui avait-il laissé le temps de récupérer, que Steven lui murmura sensuellement à l'oreille en l'attirant sur lui : *« Viens Belle*

Indienne ! ». Julie compris immédiatement, elle savait qu'il adorait particulièrement cette position où elle le chevauchait. Elle s'exécuta mais d'abord voulut s'amuser un peu avec lui... Pas question de le satisfaire tout de suite, elle allait le faire un peu languir... elle commença à jouer de son corps. Elle frottait ses seins sur sa poitrine, sur sa bouche. Steven tentait bien de lui mordre le bout des seins, mais elle se retirait à chaque fois. Elle faisait glisser sa fleur ruisselante sur son sexe, lui faisant croire qu'elle allait le prendre, mais au dernier moment elle s'esquivait. Son sourire d'enfant surpris en train de faire une bêtise le faisait fondre de bonheur. Évidement il était pressé de sentir sa Julie se refermer sur lui, mais il était tellement content de la voir gaie et joyeuse, heureuse... Enfin elle décida de mettre un terme à son calvaire et elle s'enfonça sur son pieu en se mordant les lèvres et... : CRAAAAAAAAAAAC.........

— « *Haaaaaaaaaaaaaaaa ! Ils m'ont cassé une jambe !* » hurla le lit.

Ils venaient de briser le sommier, leur ardeur avait eu raison de Monsieur Lit. Julie se leva toute étonnée, et Steven voulu faire de même, mais quand il s'appuya sur le lit pour se lever : CRAAAAAAAAAAAC.......

— « *Hoooooooooooooo ! Ils m'ont cassé l'autre jambe !* » pleura le pauvre lit.

Debout nus à côté du lit défoncé, Steven et Julie éclatèrent de rire. Ils tirèrent le matelas hors du sommier fracassé et s'y allongèrent à nouveau. Ils ne perdirent pas de temps pour recommencer à s'embrasser, échauffés et enragés. Julie aimait voir le regard bleu assoiffé d'amour de son Steven, sa façon de lui tenir la tête pour mieux l'embrasser, de la manger, prenant ses lèvres dans les siennes pour l'avoir à lui, emmêlant ses doigts dans ses cheveux, son sexe dur contre son ventre, et de lui chuchoter tant de mots d'amour :

Il se retourna encore une fois sur le dos, elle vint sur lui, si fort couché, elle s'empala comme il aimait tant ; il l'aidait à trouver son rythme, ses mains aux fesses, il la repoussait en arrière toujours plus vite, elle ne mit pas longtemps à gémir et haleter, crier et frissonner, puis jouir encore couchée de fatigue sur son torse, ses cheveux sur le visage, sa bouche dans la sienne…

— « *Tu vois ?* fit le lit au matelas. *Ils sont fous !* »

— « *Oui… Quelle équipe ! Je ne sais pas si je vais les supporter ?* s'inquiéta le matelas.

— « *Bonne chance !* » ajouta le canapé qui s'en souvenait encore.

Mais Steven en voulait encore, il devait maintenant se libérer de ce plaisir aussi longtemps contenu… Habilement il le fit savoir à sa Julie qui changea de place, s'allongeant sensuellement contre lui. Choisissant une position numérique bien connue, leurs bouches mutuellement à leurs sexes, ils se mirent à se déguster à l'unisson. Ces deux corps emmêlés ondulaient, s'aimaient, se léchaient, se suçaient, se dévoraient… L'eau d'amour de Julie se mit à couler sur la langue de son amant, tandis que Steven explosait dans sa propre bouche dans de puissantes contractions orgasmiques. Ils restèrent un long moment dans cette position car Steven devait reprendre ses esprits, sa jouissance ayant été si forte. Pour la remercier de ce moment divin, il embrassa Julie longuement. Ce baiser était savoureux, le goût de sa liqueur encore bien présente sur la langue de sa Belle Indienne…

— « *Ne sont-ils pas mignons ?* » cria le pouf depuis le fond du loft.

— « *Comme ça oui !* » acquiesça le matelas.

— « *Mais ils n'en ont donc jamais assez ?* » murmura le canapé.

Les deux amants se reposèrent un moment, épuisés et amusés

de leur situation, sur ce matelas posé à terre dans cet immense espace, avec ce lit cassé à côté d'eux… Ils se levèrent pour aller boire un peu au bar, il y avait tout dans un petit frigo, des boissons diverses. Ils prirent une bouteille, firent couler un bain dans le jacuzzi, et s'y lovèrent avec délices. Ils restèrent tranquilles un long moment, discutant et s'embrassant, emplis de désirs encore et toujours… Ils essayèrent d'y faire l'amour, mais il ne semblait pas prévu pour la chose. Après quelques essais et rires, ils en ressortirent et se retrouvèrent sur le matelas, s'embrassant, se caressant… Le bain les avait lavés de toute la sueur des assauts enragés des premières heures, les avait régénérés, ils eurent plaisir à se caresser plus sensuellement, chacun se retrouvant au sexe de l'autre… Repartis dans les délices du Jardin Magique, ils gémirent et jouirent de nombreuses fois pour se retrouver pantelants et épuisés, l'un contre l'autre.

J'aime te sentir contre moi… Viens… je t'aime… Donne- moi tes lèvres…

Le temps avait passé si vite. Ils regardèrent leur montre, il fallait se séparer ; il dit :

— Je dois y aller mon amour.

— Je n'aime pas quand tu dis cela…

— Oui. C'est notre vie. On doit retourner chacun chez soi, tu le sais bien ?

— Oui, mais ça me rend triste. Je déteste me séparer de toi.

— Je sais. Moi aussi, ça me fait mal…

La musique diffusée par une chaîne de radio qui les avait bercés toute la journée passa juste à ce moment leur chanson préférée, juste pour les émouvoir encore plus. Ils dansèrent un moment, nus l'un contre l'autre, enlacés, encore en fusion. Ils devaient se quitter, ils essayaient de le faire mais restaient collés l'un à l'autre. Il la tenait à nouveau par les cheveux pour l'embrasser encore plus, toujours plus, Il ne pouvait arrêter de goûter à ses lèvres, elle avait envie de pleurer…

Donne-moi tes lèvres… J'ai envie de toi… Viens… Viens…

Julie pleura vraiment à ces mots ; comment faire ? Comment arrêter d'aimer ? Comment arrêter de jouir si fort ? Comment quitter ce Monde merveilleux ? C'était chaque fois plus difficile. Ils ne voulaient pas s'aimer, ne se le disaient pas, de peur qu'un lien ne les attache et ne les emmène trop loin dans des choix qu'ils n'étaient pas prêts de réaliser… Mais ils ne pouvaient résister à la force des sentiments qui naissaient en eux, chaque fois plus forts à chaque rencontre. Steven avait les yeux humides lui aussi, retenant ses larmes. Ils se lâchèrent, reprirent leurs vêtements, réussirent à se rhabiller, un peu hébétés. Ils devaient redescendre de leur paradis pour retourner dans le Monde Réel. Ils rangèrent un peu, laissèrent un mot et de l'argent pour le lit cassé, sortirent après un dernier regard sur ce lieu qui avait abrité leur rencontre si passionnelle…

— « *Eh ben… soupira le pouf. Je suis triste pour eux !* »

— « *Mais c'était le moment qu'ils s'en aillent !* » compléta le canapé qui avait eu très peur qu'ils retournent sur lui.

— « *Oui, et moi je fais comment hein ?* râlait le lit, *J'ai les pieds en morceaux ?* »

— « *Tu fais comme moi !* répondit le matelas. *Tu attends que quelqu'un vienne !* »

Je t'aime tant…

Tu es dans mes veines, dans l'air que je respire,

Tu es en moi… Viens…viens…

Chapitre 5

Ce jour-là, Julie se rendait en voiture vers leur lieu de rendez-vous, selon les textos et mails échangés. Il faisait beau, comme chaque fois qu'ils avaient rendez-vous pour leurs rencontres secrètes. Elle chantait avec le disque de Johnny que son amant lui avait envoyé, elle était folle d'envies et très excitée ; leurs écrits mutuels l'avaient rendue frémissante de désirs réprimés. Elle se souvenait de leurs dernières rencontres si passionnées, du goût de sa peau et de ses lèvres, de sa voix, de ses mains, de son regard, de son humour, de son amour, de son ronronnement au cours de leurs baisers, de leurs folles étreintes, du lit fracassé la dernière fois ! Elle rit à ce souvenir. La campagne défilait tandis qu'elle roulait à vive allure sur l'autoroute. Elle avait mis la robe légère qu'elle avait achetée pour lui, sexy, et vaporeuse, noire à motifs ethniques bruns, très décolletée, elle se réjouissait de regarder sa réaction à son arrivée. Elle réalisait qu'il envahissait toutes ses pensées, comme une obsession fabuleuse, une addiction merveilleuse :

Il est la cause de mes réveils tardifs
Et de mes sommeils coupés de fantasmes.
Il m'inspire poèmes et textes, par notre passion invoqués.
Il me rend belle par la magie de ses mains et de ses doigts,
Il me révèle la féminité qui était cachée tout au fond de moi.
C'est le maître du jardin secret qui illumine ma vie,
C'est mon Roi que j'attendais pleine d'envies.
Il me donne la chance de croire à nouveau à mes rêves,
Il me donne la force d'avoir des projets qui m'élèvent.
Il est le chauffeur du vaisseau spatial à deux roues
pour aller voir tout l'Univers… Comme deux p'tits fous…Je l'aime.

Julie avait laissé sa famille sous un prétexte de visite à des amis ; elle était partie après avoir tout organisé pour que chacun se débrouille en son absence. Elle ne culpabilisait pas. Elle devait le faire, elle ne pouvait vivre sans lui, sans cet amour de lumière, si intense, extraordinaire. Tout le reste de sa vie n'était que grisailles et ennui. Elle savait que pour lui c'était le même enchantement à vivre ces moments volés. Elle ne savait rien du reste, ne voulait pas savoir. Sinon, elle culpabiliserait, cela gâcherait tout. Elle était consciente que c'était égoïste et stupide de ne pas réfléchir plus loin, mais elle devait agir ainsi. Pour elle, pour eux deux, pour cette chance unique de s'être rencontré et de vivre ces folles rencontres. Un miracle qui ne se répéterait pas deux fois. Elle chassa résolument ces pensées grises de son esprit et revint à la brillance de l'avant–rencontre.

Julie se gara à l'endroit défini, ils s'étaient échangés des SMS toujours plus gais à force de se rapprocher l'un de l'autre… Son dernier message disait simplement : « — Viens…Viens… » Elle entendait sa voix chuchotée quand elle le lisait, avec un petit sursaut dans son cœur et son sexe, qui se réjouissait, reconnaissant les habituelles prémisses de délices futurs… Elle aperçut son Steven au loin, se mettant à sourire sans pouvoir s'en empêcher ; quel bonheur de le revoir ! Il souriait aussi la regardant de loin, assis à côté de sa moto…

Elle se dépêcha de sortir de sa voiture, de la fermer et lui faisant un signe de loin, elle courut aux toilettes pour faire pipi, mais surtout pour enlever son shorty, elle voulait le surprendre… Elle riait toute seule en le retirant, et le cachant dans son sac, elle ressortit l'air digne, sentant un petit vent frais sur ses fesses, quelle jolie impression, vivifiante, excitante ! Elle rejoignit son amant en marchant comme si elle volait, encore un instant magique dont elle se souviendrait toujours comme une carte postale animée ; l'air était si lumineux, les autres personnes autour d'eux avaient l'air de vivre dans une autre dimension plus lente, ils semblaient marcher au ralenti, tandis qu'elle avançait vers son amour de Steven.

Une bonne heure qu'il roulait tout sourire dans son casque. Il avait rendez-vous avec Julie et la revoir le rendait tellement heureux. D'ordinaire il détestait l'autoroute, mais avaler près de deux heures de bitume pour la rejoindre ne le dérangeait pas du tout. Au contraire, il aimait ces déplacements, car chaque kilomètre englouti le rapprochait d'elle. Il volait, il galopait cœur battant et cheveux au vent vers cette oasis de rires et de plaisirs que représentaient leurs rencontres.

Mon oasis…

Elle est la raison qui rend mon réveil du matin plus facile,
Elle est ma source d'inspiration dans ce monde d'écriture que je
découvre…

Elle donne à mon sourire un rayonnement nouveau,
Elle me donne cette force et cette vitalité qui me manquaient…

Elle est ce jardin secret qui illumine ma vie…
Elle est ce joyau qui m'emmène sur les chemins de plaisirs
nouveaux…

Elle me donne la chance de croire à nouveau à mes rêves…
Elle me permet de boire à la source de la vie…

Elle est cet endroit pas mal rue des Étoiles…
Elle est mon oasis…
Je l'aime.

Simba

Les deux amants avaient à chaque rencontre l'impression d'entrer dans une oasis, une bulle invisible, une parenthèse d'espace-temps qui n'appartenait qu'à eux, à leurs mots intimes. Un lieu magique où leurs sensations étaient décuplées, magnifiées, les couleurs plus brillantes, les odeurs plus fortes. Leur Monde. Ils s'appelaient alors « *Mon amour* », « *Ma belle* », « *mon lion* », « *Ma gazelle* ».

Aujourd'hui, les deux amoureux s'étaient donné rendez-vous à plusieurs kilomètres de leur jardin d'Éden. Julie avait eu envie de faire un peu de moto, ils avaient donc décidé de faire une partie du chemin ensemble. Steven était arrivé le premier, s'était installé sur une pierre haute, et attendait patiemment sa Julie. Il pensait à elle et ne pouvait s'empêcher de sourire encore. Il se souvenait de toutes ces rencontres un peu folles qu'ils avaient déjà vécues ensemble et se réjouissait comme un petit fou de la retrouver et d'écrire une nouvelle page de leur histoire.

Toujours absorbé par ses pensées, le regard de Steven fut soudain attiré par une silhouette au loin. C'était celle d'une femme. Ses longs cheveux tombaient sur ses épaules dénudées et elle était revêtue d'une petite robe courte très sexy. Steven n'en croyait pas ses yeux, l'image de cette femme qui venait d'apparaître, il croyait la reconnaître. D'abord un peu floue vu la distance qui les séparait, elle se fit de plus en plus nette au fur et à mesure qu'elle se rapprochait. C'était bien elle, c'était sa Julie. Elle était magnifique, il ne l'avait encore jamais vu en robe d'été, elle semblait voler vers lui et son sourire illuminait son visage. Le monde autour d'elle semblait s'être arrêté pour la regarder passer.

Steven était toujours assis sur sa pierre, son cœur cognait à tout rompre dans sa poitrine. L'attente avait été si longue, elle lui avait tellement manqué, dans quelques secondes il allait enfin pouvoir l'embrasser et la serrer dans ses bras. Julie s'approcha ; il resta sur sa pierre, l'embrassa sur le ventre et lui caressa les jambes. Il avait si envie d'elle qu'il ne put s'empêcher de remonter le long de ses cuisses… Quelle fut sa surprise de remarquer qu'elle n'avait pas mis de culotte ! « Quelle coquine cette Julie ! » Il se leva, l'embrassa longuement et lui glissa un petit « Je t'aime » au creux de l'oreille…

Julie se mit à rire en voyant la surprise sur son visage, de sentir ses mains chaudes sur ses fesses nues, impression délicieuse et excitante… Elle lui prit les mains pour les écarter, consciente d'être en vue de tous dans ce lieu public… Ils s'embrassèrent avec passion, rien que de sentir sa bouche sur la sienne la manger voracement comme il le faisait toujours, de percevoir sa langue toucher la sienne, elle était secouée de spasmes et sursauts, son corps reconnaissait le signal du départ des grands plaisirs et se réjouissait déjà… Ils rirent en vieux complices, et se dirigèrent vers la moto de Steven toute luisante au soleil. Car il faisait beau ! Comme à chaque rencontre, ils avaient un ciel radieux pour les accompagner dans leurs aventures, selon le bon plaisir des Dieux du Sexe et de l'Amour. Elle enfila un jean sous sa robe pour changer de tenue ; elle frémit de sentir le contact du tissu sur sa peau nue, et se sentit envahie de désir pour son Steven. Il la regardait avec son regard si chaud, ils s'embrassèrent encore, les mains dans les cheveux, sur les fesses… Il fallait s'arrêter, quitter ce parking plein de monde, et partir vite avant de commettre des actes contraires aux bonnes mœurs…

Julie changea de chaussures, mit une veste et son casque, et enfourcha la moto derrière son amoureux qui avait déjà mis en marche le moteur de sa machine et se préparait à partir… Il faisait très road movie avec son casque ouvert et ses boots, elle adorait partir avec lui ainsi, comme s'ils n'allaient jamais revenir d'une équipée sauvage. Elle l'enlaça avec ravissement, et ils partirent, roulant dans la campagne ensoleillée et radieuse. Il conduisait, elle faisait le radio GPS, chantant des chansons et indiquant les directions… Collés l'un à l'autre ils roulaient vite dans un vent tiède, elle apprécia ce moment et remercia en pensée le Ciel de lui offrir cet instant extraordinaire dont elle voulait toujours se souvenir.

Ils parvinrent enfin au loft magique, celui dont les meubles parlent, aussi à l'aise que s'ils rentraient chez eux. Hop, la clé cachée, hop, l'escalier et les mains baladeuses de Steven sur le jean de Julie, hop la clé dans la porte blanche au fond du couloir, hop le loft, immense, clair, ses canapés, son bar, son lit et son jacuzzi :

— *Noooonnnn… ! crièrent en chœur les meubles*

épouvantés... Pas eux ! »

— Taisez-vous, leur dit Julie avec fermeté, aujourd'hui vous ne parlez pas ! Vos gueules les mouettes !

Les meubles, surpris, ne dirent plus un mot.

Les deux amants déposèrent leurs affaires dans un coin en habitués des lieux, mirent leurs boissons au frais en se tenant par la main et en s'embrassant déjà avec passion, jetèrent un œil au lit :

— Oh super, il a été réparé ! Regarde, ils l'ont renforcé ! remarqua Steven en embrassant Julie voracement, à sa manière animale et gourmande...

Le lit qui devait se taire, se pavana, néanmoins très fier, conscient de la tâche importante qui lui serait dévolue plus tard... Steven commença à caresser sa Julie sous son haut, puis dans son jean qu'il déboutonna et retira lentement... Julie, prise de spasmes de désirs, haletait et gémissait, se tortillait sur place, elle adorait comment son Steven la déshabillait, elle se disait souvent qu'il avait dû prendre des cours de déshabillage quelque part... (*cf. Sex School de June Summer p.49*) Comme souvent, elle mordait sa main, incapable de bouger, ou de réagir autrement, envahie d'ondes électriques dans tout son corps qui la faisaient monter dans son désir... Elle sentait ses grandes mains passer maintenant autour de ses fesses, oooh bonheur, entre ses fesses, oooohhh douceur, puis légèrement à son sexe oohhh chaleur, couleur, moiteur, ferveurs... Elle percevait déjà couler entre ses cuisses son excitation intime, comment cela allait-il finir ? Elle sentait les meubles autour d'elle s'agiter avec inquiétude...

Steven aimait ce moment où il retrouvait sa Julie après de longs jours de séparation qui semblaient interminables. Il adorait la sentir frémir entre ses mains, il adorait manger ses lèvres avides de désirs, il adorait chercher sa langue qui parfois voulait jouer la coquine... Toujours debout à côté du bar, il passa derrière elle, cala son sexe tendu entre ses fesses et termina de la déshabiller. Pendant que sa bouche dévorait ses épaules, il fit sauter la dernière agrafe de son soutien-gorge et dans un grand soupir de bonheur libéra ses seins qu'il s'empressa de caresser amoureusement.

Ils étaient affamés, assoiffés. L'excitation transpirait de leurs corps. Le mobilier tremblait de les voir dans un tel état. Steven se dégagea des fesses de sa Julie et la fit pivoter afin qu'elle soit à nouveau face à lui. Il lui prit la tête entre ses mains et se mit à lui dévorer les lèvres encore, encore et encore. Il ne se lassait pas de ses baisers, la manière qu'ils avaient de s'embrasser leur semblait tellement spéciale. Ils plaisantaient parfois en disant qu'ils se donnaient les meilleurs baisers du monde et qu'au cinéma, tous ces couples amoureux, comparés à eux, n'étaient que des amateurs… L'excitation des deux amants atteignait leur paroxysme, ils ne pouvaient plus attendre. Julie grimpa sur les pieds de son Steven et tels des pingouins, Steven à la manœuvre, marchant de concert, sa compagne en équilibre instable sur les pieds de son amant, jouant comme des enfants ; ils se dirigèrent vers le lit qui malgré son assurance du début commençait malgré tout à avoir des sueurs froides en les voyant s'approcher :

— « *J'ai confiance, j'ai confiance… Je me suis préparé en conséquence… Je devrais avoir la force de résister !* » se motivait le lit avec une certaine inquiétude.

Corps contre corps, lèvres contre lèvres, les deux amoureux arrivèrent devant le lit, et Steven y bascula sa Julie. Il y eut un « crac » mais Monsieur Lit résista fièrement. Steven se tenait maintenant à genoux devant elle, sexe dressé. Elle était couchée sur le dos, offerte à son amant… Sa respiration devenait de plus en plus rapide et elle le regardait en souriant avec sa petite langue qui guignait d'entre ses dents d'une blancheur éclatante. Elle avait ce regard coquin qui semblait lui dire «— *Viens, viens, je ne peux plus attendre…* » Steven lui caressa un peu les seins, puis le ventre. Elle se cambrait, son corps tout entier le désirait, le voulait. Steven décida de mettre un terme à son supplice et s'enfonça enfin en elle, de son membre tendu. Il la pénétra sans difficulté, car elle était trempée par le désir qui n'avait cessé de monter en elle depuis qu'ils s'étaient retrouvés sur ce parking. Ce loft était discret, bien insonorisé et Julie le savait. Elle se lâcha et cria tout son plaisir sans retenue.

Les cris de Julie emplissaient Steven de bonheur. Il sentait son corps se tendre sous ses coups de reins. Parfois quand il venait en elle bien profond, elle se contractait autour de lui, il devait alors stopper son va-et-vient afin qu'elle puisse profiter pleinement de son plaisir… Leurs corps ne faisaient plus qu'un, ils dansaient en parfaite harmonie bercés par la respiration et les cris de Julie. Ce ballet magnifique l'emmena loin, très loin. Parfois il avait l'impression de la rejoindre dans son plaisir. Il se redressa soudain sur ses bras, perdu au plus profond d'elle. Tous ses muscles contractés, il tendit le torse, leva les yeux vers le ciel et se mit à trembler de tout son corps. Il entrait en transe. Un état de semi -conscience qui le submergeait parfois et qui l'emmenait dans ce pays merveilleux où se mélangeaient plaisirs, amour et émotions…

— « Ouf ! Je crois que c'est bon, je vais tenir le coup. Toutes ces séances de musculation chez le menuisier y sont pour quelque chose ! » se dit Monsieur Lit avec soulagement.

— « Et nous ? Ils nous oublient ? Nous sommes condamnés à un simple rôle de spectateurs aujourd'hui ? » réclamèrent en chœur le canapé et les poufs.

Julie était habituée aux accès de transes en orgasme que son Steven vivait avec elle, et attendait simplement que cela lui passe, en le caressant pour que son esprit revienne dans son corps. Puis il reprenait ses esprits et la regardait d'un air extasié, il devait avoir fait un long voyage… Elle aimait comme il la prenait si fort et jamais sans faire mal, elle se laissait aller, se retrouva sur le ventre et retiré en arrière contre ses jambes, et il la prit encore et encore, la caressant aux hanches et aux fesses, faisant naître en elle des petits soleils… Elle aimait comme il la prenait ainsi, elle se sentait si femme, désirée, l'impression était merveilleuse, elle ronronnait ou gémissait selon ses sensations qui épanouissaient son corps.

Ils changèrent plusieurs fois de positions dans ce lit bien confortable et solide… Puis son Steven caressa longuement son intimité, cherchant et trouvant des points sensibles empressés de vibrer sous ses doigts magiques, jusqu'à ce qu'elle jouisse en criant à nouveau. Ils restèrent longuement sur ce lit, explorant leurs corps et leur sexe, finissant par se donner du plaisir par les doigts et la bouche, imbriqués, mélangés, fusionnés… Épuisés…

— « *Ouais ! Eh les gars ! J'ai tenu… Hihihi ! Ils peuvent venir les autres ! Si j'ai résisté à ces deux-là, je n'ai plus rien à craindre !* » s'écria Monsieur Lit très fier ma foi…

— « *Bravo Lit ! Super on savait que tu pouvais le faire !* » encouragèrent le canapé et les poufs depuis le fond du Loft.

Steven et Julie se souriaient, après plusieurs heures de délire, ils étaient enfin calmés ; ils se coulèrent un bain dans le jacuzzi, parlant et plaisant tout en sirotant une boisson dans les bulles et les remous, appréciant les lieux, décidant que somme toute, ils vivraient volontiers dans cet immense espace, si lumineux… Julie imaginait déjà la couleur des rideaux et des tapis… Elle se voyait avec son Steven passant toute leur vie à faire l'amour sauvagement de lit en fauteuil, de tabouret de bar en jacuzzi, comme cela serait plaisant ! Elle se rendit compte qu'elle faisait des projets d'avenir, ce qu'elle s'était toujours interdit dans cette relation. Elle chassa ces pensées de son esprit, pour vivre à nouveau la magie de l'instant.

Ils ne s'attardèrent pas dans le jacuzzi car l'eau était chaude, et ils avaient décidé d'aller à la plage. Ils durent se motiver pour le faire, mais l'heure tournait, et il était temps de songer à visiter un peu les alentours comme un couple un peu normal. Sans se lâcher, ils se dirigèrent vers le bar à la recherche de leurs habits qui comme d'habitude étaient éparpillés un peu partout. Ils passèrent à côté du canapé et Steven dirigea soudain sa Julie vers lui. Il lui restait encore un peu de force et il avait une petite idée en tête. Elle comprit son intention et sentant son Steven encore bien en forme, se dit : « Pourquoi pas après tout, un dernier « p'tit coup » avant de partir ! » Il faut dire que ce dernier « p'tit coup » avant de se quitter, était devenu une sorte de rituel entre eux :

— « *Oups… je crois que c'est mon tour* » s'écria le canapé… « *Moi qui pensais passer un après-midi tranquille…* » murmura-t-il un peu désabusé.

Julie se pencha en avant, posa ses mains sur l'accoudoir du canapé et Steven se plaça derrière elle et la pénétra lentement en la prenant par les hanches. Très rapidement, cette dernière impulsion fit place au plaisir en rythme avec la musique. Steven s'activa longuement en Julie avec bonheur. Il eut tout à coup une envie... Il se retira et tenant son sexe dans la main droite, il écarta les fesses de sa belle de l'autre main, et commença à frotter son gland brûlant le long de sa fleur. Il passait de son petit trou vers son antre, et ceci toujours plus rapidement. Julie se cambra de plaisir, elle aimait, et ce doux va-et-vient commença à faire son effet. Steven accéléra encore le mouvement, ce qui eut pour effet de transporter Julie vers une jouissance extraordinaire... Elle cria encore et encore, tout son plaisir se déversant sur la queue et la main de son amant, et inonda l'intérieur de ses cuisses. Elle se redressa, se tourna vers Steven, ils s'embrassèrent encore... Mais cette fois, il fallait vraiment qu'ils se bougent, et qu'ils quittent ce temple de l'amour.

— *« Ouah ! T'as vu toute cette eau ? »* s'exclama un pouf.

— *« Oui... Tu ne connaissais pas ? Cette eau, c'est l'élixir du plaisir que certaines femmes expulsent quand elles atteignent l'orgasme. »* rétorqua l'autre pouf un peu plus instruit.

Les deux amants se rhabillèrent un peu groggy, vacillant sur leurs pieds, ils étaient en pleine descente de leurs jouissances, et il était si difficile de quitter cet état naturel de nudité pour ces vêtements incommodes ! Ils quittèrent leur joli nid d'amour perdu dans ces entrepôts anonymes de cette banlieue plutôt moche, et repartirent à moto, amusés de vivre un jour de liberté grisante, sans penser à rien d'autre qu'au plaisir de l'instant.

Ils trouvèrent une jolie plage bondée de familles et d'enfants qui se délassaient au bord de l'eau, et se promenèrent main dans la main, pour la première fois de leur vie en public, avec l'impression de réaliser un défi hallucinant... Ils avaient envie maintenant de jouir de choses simples que font tous les couples : aller dans un lieu public et s'allonger sur le sable, en se parlant simplement, à la vue de tous. Ils ignorèrent les précautions de discrétion qui avaient gouverné leur vie secrète depuis des mois, ils voulaient vivre leur amour au grand jour. Ils eurent un grand plaisir à le faire, se dorant au soleil et s'enlaçant sur la plage, les yeux dans les yeux comme tous les amoureux du monde. Ils riaient à la pensée qu'ils finissaient par faire les choses que les couples normaux commencent à découvrir ; se parler, se draguer, s'embrasser, puisqu'ils avaient commencé autrefois par des aventures torrides dans lesquelles ils n'avaient pas le temps ni l'idée d'échanger quelques mots ni de se dire leurs prénoms… Ils prenaient des risques, mais ils avaient décidé de le faire, de plus en plus confiants en leur amour.

Comme toujours le retour fut un peu triste, la séparation approchait. Ils se quittèrent les yeux un peu brillants, échangeant quelques baisers sur le parking à la sauvette, de peur d'être vus par une connaissance. Le monde réel reprenait ses droits, leur rêve amoureux devenait irréel. Leurs obligations familiales pesaient sur leurs épaules. Il fallait rentrer chacun chez soi, et reprendre les cours de vies séparées, jusqu'à la prochaine rencontre. Ils compteraient les jours, les nuits, comme des enfants en vacances, en s'envoyant des mails et des SMS emplis de leurs mots d'amour et de passion :

« Je t'attends, je t'attends…

Encore cinq nuits et trois heures, dix-huit minutes ! »

« Je t'attends, je t'attends, mhmmm… Jour – 5 !!!

Il lui a écrit un petit message ce matin...

Sous sa couette chaude elle tient dans sa main
Ce portable qui vibre encore de la force des mots
D'amour... Il lui a dit des choses si belles et tendres
Qu'elle gémit à haute de voix de désirs et d'attente.

Il lui a écrit un petit message ce matin...

Il lui a dit qu'il l'embrassera là où elle adore ressentir
Ses lèvres chaudes qui vont la faire chanter et frémir,
Sursauter et frissonner, fredonner et chanter, et jouir,
Déjà de toutes les parcelles de sa peau en désirs.

Il lui a écrit un petit message ce matin...

Elle ondule, son corps se souvient, réclame sa pitance,
sa nourriture intime, son suc, en lui sa brûlante semence...
Il veut être touché et caressé, il a si envie qu'il croit sentir
Près de lui sa peau, son corps, ses mains, même son expir.

Il lui a écrit un petit message ce matin...

Il lui a dit qu'il la caressera là où elle aime le connaître,
Qu'il la touchera là où elle a peur parfois qu'il vienne,
Qu'il la baisera là où elle rêve et craint qu'il la pénètre,
Qu'il la fera crier et pleurer ou lui-même de toute sa peine.

Il lui écrit a un petit message ce matin...

Elle sourit et l'appelle, il l'entendra c'est sûr dans son cœur.
Elle lui explique qu'elle l'aime, et que pour lui ses ardeurs
Sont si fortes qu'elles mangent son ventre. Elle lui raconte
Qu'elle l'attend, et qu'alors elle se donnera toute sans honte.

Il lui a écrit un petit message ce matin...

Chapitre 6

Le retour de Julie

Steven s'était réveillé ce matin avec un ennui terrible, il pensait à Julie, elle lui manquait tellement. Ils ne s'étaient pas revus depuis quelques semaines, car il avait dû se rendre dans un pays étranger afin de suivre une cours de perfectionnement. Il était rentré une semaine plus tôt que prévu, car le centre dans lequel il avait suivi cette formation avait dû fermer à cause d'une fissure dangereuse qui risquait de provoquer l'effondrement du bâtiment.

Ce stage avait duré deux mois, une éternité pour ces deux amants enragés, mais ils s'aimaient, et avait affronté cette épreuve de séparation avec courage. Afin de tester leur amour, ils avaient décidé de faire une pause et de couper tout contact. Ils ne s'étaient donc plus parlé et plus écrit depuis plus de soixante jours. Ils avaient essayé cet ultime essai pour éviter de briser leurs mariages, de blesser leurs familles, leurs enfants pourtant adultes mais très attachés à eux encore. Les deux amants essayaient de reprendre le cours normal de leur vie d'avant, mais c'était peine perdue. Ils avaient survécu cette période de rupture comme un hiver monotone sans joie ni lumière. Privés l'un de l'autre, ils se retrouvaient sans raison de vivre, comme des automates, des zombies privés de l'énergie vitale qu'ils puisaient dans leur amour. Ils avaient l'impression d'être coupés d'une partie de leur être propre, sans la présence de l'être aimé. Ils n'appréciaient plus les plaisirs de la vie, mangeaient sans trouver de goût à la nourriture, n'arrivaient plus à se réjouir de voir des amis ou d'aller à une fête. Ils n'arrivaient plus à cacher à leur entourage l'existence d'un conflit intérieur, d'un amour clandestin. Leurs conjoints sentaient une distance se creuser, leurs familles s'agitaient d'inquiétude. Ils n'arrivaient plus à composer entre leurs deux vies. Ils devaient choisir, au risque de se détruire…

« Un seul être vous manque, et tout est dépeuplé. »
(Lamartine)

Leur rendez-vous était prévu dans une semaine et ils ne voulaient pourtant pas rompre le défi qu'ils s'étaient lancés. Steven devait donc patienter encore quelques jours avant de retrouver sa Julie.

Mais ce matin il avait le moral au plus bas tant elle lui manquait, et pour se changer les idées, il décida de chevaucher sa moto et de faire une ballade. Il roula au hasard de ses envies et celles-ci le conduisirent dans cette petite ville de Suisse centrale, qui avait abrité à plusieurs reprises leurs ébats passionnés…

Il marchait le long de ce canal bordé de platanes, la tête remplie de merveilleux souvenirs. Inconsciemment son chemin le conduisit aux abords de plusieurs hôtels dans lesquels ils s'étaient retrouvés. Plus il avançait, plus il revivait les scènes torrides de leurs rencontres. L'excitation montait et Julie lui manquait de plus en plus fort. Il se mit même à fantasmer : leur histoire avait été parsemée de coïncidences heureuses, ils avaient souvent des pensées identiques simultanément. Il savait que Julie venait parfois se promener dans cette ville et il se mit à rêver qu'il pourrait peut-être la croiser au hasard d'une rue…

Steven s'approchait de l'Hôtel Mercure, il se souvenait particulièrement de celui-ci, car il représentait un point fort de leur histoire. C'était ce jour-là que Julie lui avait ouvert son cœur en lui donnant quelques clés de son jardin secret. À la vue du bâtiment, son palpitant se mit à battre la chamade dans sa poitrine, une force inconnue l'attirait inexorablement et il décida de s'y arrêter pour y prendre un verre…

Le mois d'août touchait à sa fin, mais la chaleur était encore caniculaire, Steven décida de se poser sur la terrasse. Et c'est à ce moment qu'il l'aperçut… Il n'en crut pas ses yeux, elle était là, merveilleuse, assise à une table devant un Coca Zéro. Elle était magnifique, les cheveux attachés, elle portait un chemisier noir surmonté d'une ceinture bleu turquoise semblable à celles portées par les Indiens. Une petite jupe blanche recouvrait ses jambes bronzées par plusieurs semaines de soleil…

Il tremblait de tout son être et courageusement il décida d'entrer dans le bar, elle ne l'avait pas vu venir, il s'assit silencieusement à la table d'à côté. Soudain une immense terreur s'empara de lui. Comment allait-elle réagir ? *« Avait-elle rencontré quelqu'un d'autre, était-elle justement en train de l'attendre ? »* D'un revers de la main, il balaya ces mauvaises pensées et décida d'être positif, ils s'aimaient si forts avant de faire ce break qu'il n'y avait aucune raison pour que cet amour se soit envolé. Il glissa un petit : « — *Bonjour...* » Elle tourna lentement la tête vers lui, le regarda à peine surprise, lui sourit et le monde s'arrêta de tourner... Il comprit à ce moment-là pourquoi il était tombé amoureux d'elle dès leur première rencontre et pourquoi il l'aimait tant... Son sourire, était vrai, sincère, en une seconde toute leur fabuleuse histoire défila dans sa tête et il savait que dès le moment où il se retrouverait tout semblerait à nouveau tellement facile...

SON SOURIRE...

Non loin il s'installe le coquin.
Excité, heureux et impatient.
De la retrouver sa fugitive...

Sauvage elle le sent d'instinct.
Sa tête elle tourne lentement.
Vers lui, le regard salive.

Puis tel un fabuleux maître dessin.
Son visage s'allume divinement.
Incroyable sensation éruptive...

Tableau féerique et vision de félin.
Que cet angélique sourire aimant.
Le transperçant d'une envie jouissive...

Dans son cœur et dans son âme

A jamais restera gravée

L'image de ce visage

Au sourire enchanté...

Julie rêvait à sa table, la main à son verre le tournant machinalement, perdue dans ses pensées. Elle avait tellement l'ennui de son Steven, un manque profond tout au fond d'elle, sensuel qui lui grignotait les reins, et affectif qui lui rongeait le cœur. Elle ne savait pas ce qui était le plus pénible, tout se mélangeait ; elle ressentait un grand vide, avec l'impression horrible que leur histoire n'avait peut-être jamais existé... Tout cela était si lointain, si irréel, ces mots d'amour et ces étreintes enflammées, ces plaisirs immenses, ces jouissances extrêmes, puis le retour à la vie normale, à sa vie familiale quotidienne. Le secret de leur aventure était excitant, mais donnait l'impression étrange d'avoir vécu un fantasme inventé de toutes pièces :

Comment est-il ? Elle ne se souvient plus bien...

Est-ce bien vrai tout cela, ou ne serait-ce rien ?

A-t-elle vraiment vécu ces flammes et folies ?

A-t-elle vraiment crié et joui, aimé sans limites,

Ou n'est-ce qu'un fantasme imaginé, une utopie ?

Un imaginaire halluciné, un rêve, un mythe ?

Julie avait tourné en rond toute la journée avec le manque au corps, puis elle avait senti comme un appel. Elle s'était habillée comme pour lui, sexy, et avait pris sa voiture. Elle avait roulé au hasard, aboutissant dans la ville qu'elle aimait particulièrement, située au bord de ce lac, où se trouvait cet hôtel qui avait abrité leurs amours. Elle s'assit à cette même table à laquelle ils s'étaient retrouvés cette fois-là... Elle se souvenait... Il devait la draguer et l'emballer, elle avait souri et ri, lui aussi, ils avaient craqué... Trop dur. Trop heureux de se revoir. Il s'était assis là, à sa gauche, à la table voisine... Elle tourna la tête et l'aperçut.

Rêve ou réalité ? Non, c'était son Steven qui riait de la voir écarquiller les yeux ! Elle sourit, de bonheur.

Steven se déplaça vers elle sur la banquette, ils se sourirent et s'embrassèrent avec passion. La Magie réapparut. Sensation unique de ces baisers, échanges fusionnels où déjà les désirs se mélangeaient, les plaisirs se devinaient, la température montait. Ils se prirent la main, se caressant les doigts sous la table, se regardant avec ravissement, émerveillés de cette rencontre surprise. Après quelques mots d'explication sur leur attraction mutuelle à cet endroit et ce hasard prodigieux, ils s'embrassèrent à nouveau, déjà échauffés. Steven proposa avec malice :

— Je crois que je vais aller voir s'il reste une chambre de libre…

Ils rirent à voix contenue, se sentant observés par le personnel et les clients autour d'eux, comme toujours ils avaient de la peine à passer inaperçus, leur passion étant si évidente. Quand Steven se dirigea vers la réception de l'hôtel, Julie profita de son départ pour passer aux toilettes situées au fond de la salle ; elle retira rapidement son string, et le glissa dans son sac, sourire coquin aux lèvres. Quand elle revint à sa place, elle sentait des regards sur elle, pourtant cela ne pouvait se voir, cela devait se deviner, mais cela lui était égal. Steven n'était pas revenu, elle prit rapidement son verre et courut s'asseoir sur la terrasse, hors de vue pour lui faire une surprise. Elle s'assit de côté pour observer son retour. Elle souriait comme une gamine, le bonheur était là, ils allaient rire et faire l'amour, sa journée devenait brillante.

Steven avait poussé un grand « *ouf* » de soulagement, l'hôtel aurait pu être complet. Il revint donc tout fier et tout fou, la clé no 269 en poche…

Mais surprise ! Sa jolie Julie avait disparu ! Il pensa soudain à ces textes qu'il avait lus sur un forum de lecture. C'était un couple qui devait relever des défis érotiques et dont l'héroïne, une certaine Émilie, n'arrêtait pas de disparaître… Cette éventualité l'effleura quelques secondes puis se dissipa, il venait de l'apercevoir bien cachée au coin de la terrasse, la coquine avait voulu lui faire peur, elle mériterait une fessée…

Il la rejoignit en riant ; Julie le sourire jusqu'aux oreilles semblait fière de sa petite farce. Il s'assit à côté d'elle et pour la punir lui administra un baiser de Roi sans se soucier des gens qui les entouraient. Tout en l'embrassant, sa main glissa entre ses cuisses qui s'ouvrirent sans résistance, et comme il s'en doutait, sa petite culotte avait disparu. Il lui caressa son sexe lentement, sentit sa vulve se contracter et son eau de désir lui inonda la main. Il la retira, porta ses doigts trempés à sa bouche et les suça avec délectation. Il les approcha ensuite de la bouche de Julie qui les lécha également. Excités par ce petit jeu, leurs bouches se retrouvèrent et ils s'embrassèrent longuement. Ils se sentaient seuls au monde, incroyablement heureux de se retrouver après une si longue séparation... Ils n'avaient cure des regards choqués ou envieux des autres clients qui avaient peut-être remarqué leurs gestes impudiques.

Tous les sens aux abois, ils décidèrent de regagner leur chambre. À la vue du vestibule, de la salle de bain et du lit, un flot de merveilleux souvenirs leur vint à l'esprit... Ils se revoyaient quelques mois auparavant dans ce même hôtel, dans cette même chambre. Ce jour avait été une étape importante de leur histoire : ce jour-là, ils s'étaient avoué leur amour, leur besoin toujours grandissant d'être ensemble, et leur désir de concrétiser cet amour dans la vie réelle. Pour quitter la clandestinité et le secret, abandonner les mensonges, et vivre ouvertement leur amour...

Ils se jetèrent dans les bras l'un de l'autre et se déshabillèrent rapidement... La longue séparation qu'il venait de surmonter ainsi que le petit jeu de séduction entamé sur la terrasse les avaient rendu fous. Au diable les longs préliminaires ! Julie se retrouva couchée sur le dos, nue et totalement offerte à son Steven...

Steven plongea entre ses cuisses et se mit à butiner sa fleur. Il adorait ce moment de retrouvailles avec l'antre de feu de son Indienne. Mais souvent, il la sentait tellement excitée, tellement impatiente de le recevoir en elle, qu'il ne s'attardait jamais tellement longtemps dans cette région de son intimité. Cette fois il décida de s'y installer un petit moment... Lentement il la lécha avec délectation. Il commença par de petits coups de langue sur son bourgeon, puis glissa entre ses lèvres pour terminer par de petites sucions et de courtes pénétrations de son petit trou. Il répéta ce rituel pendant quelques instants, mais à chaque fois il s'attardait un peu plus longtemps sur son centre du plaisir déjà gonflé d'envie de jouir… Julie se cambrait toujours plus et son antre commençait à transpirer d'envie. Il descendit une dernière fois jusqu'à son étoile et en remontant en profita pour déguster son divin liquide… Il la sentait prête, il remonta vers son bouton et tout en lui caressant son anus d'un doigt, s'appliqua cette fois plus intensément. Julie soufflait, parlait et émettait de petits cris toujours plus forts, son ventre se tendit, elle se bloqua, cessa de respirer pendant de longues minutes et déchargea à grands flots tout son plaisir dans la bouche de Steven qui dans un grand ronronnement de plaisir but sa délicate liqueur…

Julie avait eu tellement de plaisir qu'elle eut de la peine à revenir sur terre, et reprenait son souffle tandis que son amant la pénétrait, enroulant ses jambes autour de son torse. Elle cria quand elle sentit son gland toucher son antre, ce moment était si fort, elle le dirigea en elle pour en apprécier l'intensité, et lentement, les yeux dans les yeux, ils s'unirent avec force et douceur… Ils apprécièrent ensemble les mêmes vagues de chaleur qui traversaient leurs corps et voyagèrent lentement se tenant les mains très serrées, les yeux dans les yeux, amoureusement… Ils s'aimaient, c'était si fort.

Julie eut quelques contractions d'orgasmes, tant elle aimait le sentir en elle, cela allumait des étincelles de jouissances dans son bas-ventre qui se propageaient lui semblait-il jusqu'à son cœur, jusqu'à son cerveau… Les sensations de plaisir qu'elles ressentaient se communiquèrent à son amant qui partit lui aussi en transes de bonheur, secoué de spasmes intenses qui le laissèrent abasourdi de tant de plaisirs…Il continua plus lentement son va-et-vient en elle, ils voyagèrent ainsi longuement, se parlant doucement, envahis de langueurs océanes…

Puis il se retira d'elle avec un regard allumé qui laissait présager quelque surprise. Il la caressa partout, puis s'intéressa à nouveau à son entre-jambe, il finit par trouver une succession de gestes doux et fermes qui embrasèrent Julie. Elle se retourna sur le ventre en ouvrant ses jambes pour mieux apprécier ces divines impressions, qui la faisaient cambrer et onduler sous ses caresses, elle partait si loin, elle se sentait si merveilleusement bien. Il la surprit par une claque qui la fit sursauter et mouiller fortement en même temps, puis une autre qui eut le même effet. Elle rit de l'incongruité de la situation et gémit du plaisir ressenti... Son esprit était un peu dérangé par cette mise à mal de sa fierté, son corps adorait cette sensation et en redemandait.

Elle aimait son amoureux et lui faisait confiance ; sans peur, elle se détacha de son esprit de raisonnement pour simplement apprécier ce nouveau plaisir, qui devint plus intense au fur et à mesure que la fessée continuait, légère et inattendue chaque fois, attisant les feux de la passion, aiguillant les délices des caresses... Son corps ondulait et s'offrait, son cul montait vers la main qui montait et descendait avec un joli bruit de claque ; sa vulve laissait couler son eau en signe de jouissance extrême. Elle trempait le lit sans retenue, elle n'était plus que plaisir...

Puis quand Julie eut explosé de bonheur en quelques cris, ils se reposèrent quelques instants ; elle le repoussa alors avec un sourire coquin, elle allait aussi lui faire une surprise intéressante ; elle savait qu'il avait eu son anniversaire, elle allait lui faire sa fête... Elle lui fit fermer les yeux et s'allonger sur le dos... Il l'entendit chercher quelque chose et se sentit attacher les poignets au lit de manière que ses bras soient tout à fait étendus. Elle parla de chercher un pic à glace pour lui mettre un peu de pression, et...

« *Mais qu'allait-il lui arriver ?* » pensa-il. Se sentir ainsi à la merci de sa Julie, dans le noir complet et les mains attachées, le projeta dans un état d'excitation nouveau. La soumission était un sujet qui l'avait toujours intéressé et il se réjouissait de pouvoir vivre ce moment à venir en compagnie de sa Belle...

Steven attendait surexcité et bouillonnant, son sexe maté de désir. Il avait une telle envie d'elle qu'il devint impatient et les petits bruits qu'il entendait le rendaient encore plus fou. Soudain il fut surpris par une douce sensation chaude et humide sur sa bouche. Il sentit sa langue commencer à lui lécher les lèvres par petites touches. Chaque passage lui provoquait de petits spasmes, et ses fesses de se contracter et sa hampe de durcir encore. Steven chercha le contact de sa langue mais à chaque fois qu'il réussissait à la toucher elle esquivait, elle voulait jouer avec lui, le faire attendre... Soudain il sentit un fluide un peu sucré se répandre sur sa langue... Julie savait qu'il adorait particulièrement cette pratique, elle lui offrait donc sa salive. Au contact de se subtil filet d'écume, il se cambra de bonheur et son mât devint si dur qu'il lui fit presque mal...

Puis elle s'éloigna et le laissa. Toujours attaché, il remuait, ondulait, vibrait, la frénésie du désir s'était emparé de son corps et il devait à nouveau attendre avec cette belle incertitude de ne pas savoir ce qu'elle projetait de lui faire...Il entendait des petits bruits étranges, des froissements, des craquements, de petits rires étouffés, sa Julie semblait préparer quelque coquine surprise...

Quelques longues minutes passèrent et un hurlement de surprise de Steven résonna dans la chambre... Il avait brusquement ressenti le contact d'un liquide glacé et pétillant sur son torse et son bas ventre, que Julie, se mit immédiatement à lécher avec allégresse, elle semblait toute folle de son nouveau pouvoir sur lui, il l'entendait rire à mi-voix... Steven savourait chacun de ses coups de langue avec ravissement et un plaisir non simulé. Puis il sursauta lorsqu'elle fit couler une grande quantité de ce liquide sur son intimité. Celui-ci coula le long de son dard, éclaboussa ses bourses et termina sa course entre ses fesses lui inondant au passage son étoile qui se resserra de surprise. Julie n'en laissa pas une goutte et ce traitement de Roi laissa Steven au bord de la défaillance tellement l'excitation le saisissait. Puis il sentit qu'elle changeait de position, elle s'agita au-dessus de sa tête, il sentit son odeur intime tout près... Ce devait être ses fesses humides, son antre brûlant... Qu'il put déguster de sa langue enfiévrée... En grand fauve affamé il se régala...

Steven se tordait de plaisir et d'envie, les spasmes qui lui contractaient les fesses et le sexe devenaient de plus en plus rapides, il fallait qu'elle vienne, il voulait qu'elle le capture dans son ventre brûlant. Julie le sembla le comprendre, il sentit qu'elle prenait son membre viril dans sa main, le dirigeait vers son antre de feu et doucement, s'empalait sur lui. Elle le chevaucha crescendo dans la danse des Indiens, appuyée telle une sauvage squaw sur ses épaules, baisant sa bouche avec passion, tandis que sans la voir, il lui imprimait un mouvement rapide, rapide...

Le bonheur était total, le plaisir le submergea et dans un grand soupir de satisfaction, il se vida de tout le désir qui s'était accumulé en lui pendant cette séance et entra dans un de ses orgasmes extrêmes qui l'envahissaient parfois quand la jouissance le dépassait… Julie suivit son plaisir en relâchant son eau intime qui inonda leurs sexes, leurs corps et le lit… Elle se coucha sur lui et ils reprirent souffle, haletant de concert, éperdus de sensations. Elle le détacha en souriant de ses fragiles liens symboliques, ils étaient heureux de leurs exploits et de leur connivence…Ils reposèrent enlacés, discutant et riant…

Ils décidèrent qu'à l'avenir ce moment inoubliable se dénommerait « *Basic Coca* » en souvenir de… la bouteille de Coca Zéro qui avait baptisé l'anniversaire de Steven. Puis ils déterminèrent que Sharon Stone et Michael Douglas étaient vraiment de pauvres petits amateurs. Ils étaient très satisfaits de leurs folies et de leur connivence. Julie était très fière d'avoir osé prendre cette initiative et d'avoir ainsi donné à Steven une expérience à la hauteur de son amour…

Puis Julie s'agita, dérangée par l'aspect totalement détruit de leur lit. Les draps étaient trempés de multiples liquides mélangés. De plus elle ressentait un besoin pressant… Quel ennui. Il fallait se lever, sortir des bras de son amant tout poisseux…

— Qu'est-ce qu'il y a, tu gigotes ?

— Pipi… Urgent !

— Encore ???

— Oui, J'ai bu une bouteille entière de coca, quand même !

— N'y va pas…

— Ah oui, et je fais comment ?

— …

Petit silence, il la regardait en souriant de son air coquin…

— Donne-moi à boire, J'ai si soif…

Julie se tortilla mal à l'aise. Son fauve était quand même un peu fou… Elle aussi d'ailleurs…

Toujours quelque chose de nouveau… Et d'amusant, d'excitant… Elle hésitait… Il insista :

— J'ai si soif… Viens…

Elle s'agita, aiguillonnée par ce besoin très pressant, « *Oh et puis zut !* » *Elle se releva au-dessus de son amant allongé sur le dos, l'œil allumé, tel un ivrogne allongé sous le robinet d'un précieux hydromel… Elle se positionna sur lui, prise de fou rire ; il la regardait en souriant, sûr de son choix… Julie s'accrocha devant elle au montant du lit à genoux, les fesses au-dessus du torse de Steven, apercevant entre ses seins sous elle le regard clair et brillant d'humour de son amant… Elle ferma les yeux pour se concentrer, il n'est pas facile de surmonter un blocage ancré en soi depuis l'enfance ! Elle avait appris à éviter de faire pipi devant quelqu'un, et surtout… Sur quelqu'un ! Il lui caressait doucement son petit bourgeon, elle sentit un plaisir, un déclic… Une décharge électrique, jouissance et détente, plaisir et tabou transgressé… Elle coulait, il buvait…*

— Tu as très bon goût, vraiment !

— Merci mon amour…

— Ensemble on peut tout, et l'amour rend tout magnifique… N'est-ce pas ?

— Oui. Ensemble on peut tout, et j'ose… Je t'aime.

— Je t'aime.

Ils se sourirent, les yeux brillants de tendresse l'un pour l'autre. Ils s'étaient rencontrés par hasard, avaient continué de se voir par désir puis par passion, et enfin par amour. Ils étaient liés par le sexe, corps, âmes, esprits. Leurs rencontres clandestines les avaient emmenés vers un nouveau choix de vie, qu'ils allaient devoir assumer, inventer. Ils allaient blesser des personnes qu'ils aimaient aussi d'une autre manière ; ils devraient expliquer et montrer leur amour au grand jour, sortir du secret pour entrer en pleine lumière. Un choix qui leur faisait encore peur, mais qui les remplissait d'allégresse. Steven chuchota à l'oreille de Julie :

— Je te veux ma Julie. Je t'aime, tu es la lumière de ma vie. Sans toi, je respire, c'est tout. Je t'aime si fort que j'ai mal parfois. Mon ventre me serre comme un étau en imaginant ne plus te revoir, mon cœur devient lourd comme une enclume. J'ai besoin d'être avec toi, chaque jour un peu plus…

— Je te veux mon amour, sans toi je me sens vide et sans repère, sans réalité. Tu dessines les contours de mon corps, sans toi je suis floue. Je t'aime tant. Parfois je pleure de manque de toi.

— Je te veux ma Julie, au risque de perdre les miens. Au risque de blesser et décevoir. C'est si dur, mais sans toi, je meurs…

— Je te veux mon Steven, je suis déjà sur le départ, notre aventure m'a ouvert les yeux sur ce que je désire dans la vie. Je t'aime tant, la vie est sans lumière dès que tu me quittes.

— Ce ne sera pas facile. Ils ne t'accepteront jamais.

— Je sais. Ce n'est pas d'eux que j'ai besoin. Et puis, ils ne te perdront pas. Ce sera différent. Il y aura une autre manière de vivre ensemble… Chez moi aussi, ils devront s'y habituer…

— Oui, il faudra de la patience, leur expliquer, les accompagner. On se soutiendra. On y arrivera.

— Oui, ensemble, on peut tout. Tu es ma destinée.

— On y va ? On se lance ? On s'aime. Je t'aime tant.

— On y va. Je t'aime.

Et la suite ?

Vous pourrez retrouver d'autres aventures érotiques dans les livres « *Sex School* », et « *ZigZag Café* ». Ces trois volumes forment un trio écrit à deux plumes, pour des récits érotiques pleins de gaieté et d'amour.

PRÉSENTATION DE JUNE SUMMER

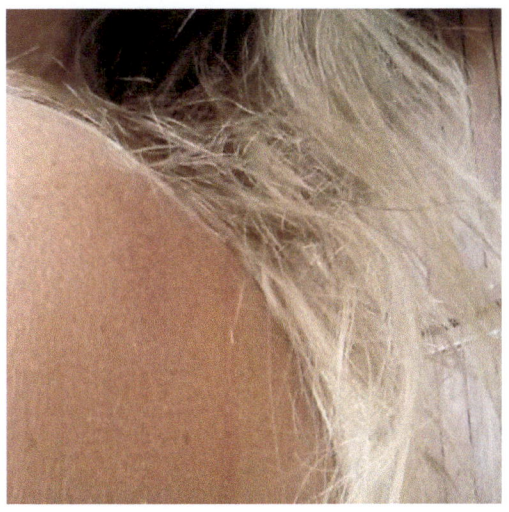

June Summer travaille dans le social.
Après avoir élevé ses enfants, elle s'est passionnée
pour l'écriture d'histoires « érotiques-romantiques »,
fantastiques, poétiques. Elle se passionne pour les relations
humaines, les histoires de couple.
June aime décrire l'érotisme de manière poétique, esthétique,
dans une vision d'épanouissement des êtres.
Elle vit en Suisse, dans un cadre naturel,
entourée d'amis, d'enfants, et d'animaux.
June partage avec son compagnon Kris Winter
les découvertes d'une vie reliée à la sensualité
et à la Liberté.

Rendez-vous chez June Summer ici :
www.june-summer-auteure.com

Bibliographie de June Summer

Textes sous copyright
« Les Interdits de Claire » 2011
« Elles » 2011
« Un Voyage Inavouable 1 » 2011
« Quatre Histoires sensuelles de vêtements, érotiques » 2012
« La Robe Noire » 2012
« Duo Aquarelles –Poèmes » 2012
« Rencontres Clandestines » 2012
« Sex School » 2013
« Jeyaa le Château des Brumes 1 » 2012
« ZigZag Café » 2013
« Les Chaussures Rouges » 2013
« Aventures Libertines » 2013
« Un Voyage Inavouable 2 » 2014
« 5 Défis pour un Mariage » 2014
« Jeux du Jeudi » 2015
« Entre deux Portes » 2015
« Passions » 2015
« Best Of » 2015
« Jeux de Mails » 2016
« Jamais sans Toi » 2016
« L'été de Jordane » 2017
« De l'Ombre à la Lumière » 2018
« Délicieuses Surprises » 2018
« Les Mains de Velours » 2019